JN140464

The Nana

by Alice Taylor translated by Takahashi Ayumi

素敵な祖母たち

アイルランドのナナ

アリス・テイラー

高橋歩 訳

未知谷
Publisher Michitani

はじめに　ナナ《おばあちゃん》の思い出

テラコッタ調タイルを敷き詰めた、わが家の狭い玄関ホールから、天井の低い客間へと続くドアを開けると、向こうから穏やかな眼差しが迎えてくれます。物静かなこの人物は、肖像画の中から手を伸ばし、私を歓迎してくれているようです。この人は、テイラー家の祖母*です。私が生まれる何年も前に亡くなっていますが、私は幼い頃から、祖母は家族の心を和ませてくれる存在だと感じてきました。父が十六歳のとき、祖父が亡くなりました。それからは、祖母と父が力を合わせて農場を切りまわしていました。きっと、ふたりは良い関係だったのでしょう。というのも、祖母が六十歳で亡くなると、父は祖母の写真をわざわざコークへ持参し（当時はコークの町まで出ていくのも大変でした）、肖像画を描かせたからです。一九三〇年代、アイルランドの片田舎では、お金がないのが当たり前だったのに、そんなことまでしたのです。それから何十年もたってから、ちょっと珍しいこの行為が、どういういきさつで行われたのか知りたくなり、その肖像画にいくら払ったのか、父に尋ねたことがありました。父は微笑むと、農夫にだけわかる言い方でこう言いました。「ああ、妊娠した雌牛一頭ほどの値《ね》だったよ」。その値段が今の時代ならいくらか割り出そうと、先日私は地元の農夫に、妊娠中の雌牛がいくらくらいするか聞いてみました。すると、こう告げられたのです。「いい牛だったら、二千ユーロはするね」。けっこうな額ですよね！　でもこれは、父が私たち家族にしてくれた、実に先見性がある投資でした。この肖像画のおかげで、祖母は私たち全員の心の中で生き続けることになったからです。そしてまた、結婚したとき祖母は、堅苦しいプロテスタントの一族に音楽や歌を楽しむ習慣をもたらし、それが今もずっと受け継がれているのです。

＊　テイラーは著者の旧姓。テイラー家の祖母は、著者の父の母親。

一方、そこから少し奥まったところに住んでいた私の母方の祖母は、一家の女家長でした。住んでいた小区の名を取って、ナナ・バリドゥエイン（バリドゥエインのおばあちゃん）と呼ばれていて、齢《よわい》九十八まで長生きしたのです。祖母は亡くなるまでずっと、その小区で一目置かれた存在でした。

こんな風に言うと、黒っぽい色の服に身を包み、暖炉脇にどっしりと腰かけた、ペグ・セイヤーズ＊のような典型的なアイルランドの老女としてナナ・バリドゥエインを想像するかもしれません。でもナナは「ぎゅっと抱きしめてくれる」タイプの祖母ではなくて、むしろよそよそしい人でした。家族の中での自分の役割は「みんなを正し、きちんとさせること」だと考えていたからです。当時はそういう考え方をする女性もいて、ナナはまさにそうでした。テイラー家の祖母とナナ・バリドゥエイン、この二人の女性が、子どもの頃の私を、本棚の上の本立てのように両側からしっかりと支えてくれていました。ひとりは壁に掛けられた肖像画として、もうひとりは何マイルか離れた奥山から指示を出す管制塔のように。

＊　一八七三〜一九五八。アイルランド本土に生まれ、結婚してブラスケット諸島へ移った語り部。英雄譚や怪談、民話、宗教的な話など三五〇ものストーリーを語った。ここでは、優しく包み込んでくれるようなおばあちゃんのイメージとして引き合いに出されている。

私の世代の人々は、三代のナナの時代を生きてきたことになります。つまり、私たちの祖母であるナナの時代、私たちの母親がナナだった時代、そして私たち自身がナナである現代です。私が経験してきた時代は、ナナ・バリドゥエインが誕生した一八六〇年に始まり、現在まで続いています。なんという長い間、ナナという役割を見てきたことでしょう。

今回、アイルランドのナナが持つ影響力をより広い視点で捉えるために、私自身の経験だけでなく、もっと広い範囲を調べる必要がありました。そこでまず、私の親族のナナたちを調査しました。それから村のナナたち、さらには村を出て、遠方のナナたちの話を聞くことにしたのです。

するとと興味深いことに、人々のナナについての記憶は、おおむねとても良いものであることがわかりました。孫にとってナナとの関係は心安らぐ特別なものである、人はそう思うようです。

これは、シェイクスピアの考えとは少々異なります。「人間のなす悪事はその死後もなお生きのびるものであり、善行はしばしばその骨とともに埋葬されるものである」*。これはナナにはあてはまりません。そうではないのです。アイルランドのナナは、様々な理由から、愛おしく思い起こされる存在であり、アイルランド文化の大きな一部となっているのです。家族にとってかけがえのない人であるだけでなく、社会においても特別な存在です。イタリアでは、「ノンナ（おばあちゃん）」とは、「何世代も前から受け継がれてきた至高のレシピ」と同じ意味の言葉です。もちろんこれは、料理本が本棚に並ぶ以前の話ですが。イタリアのおばあちゃんは昔も今も、古くから受け継がれてきたおいしい料理を何でも知っている存在だからです。アイルランドのナナもまた、特別な存在です。けれども、料理を伝えてきたというのではありません。おそらく、昔はみんなが貧しく、食べ物が不足していたからでしょう。むしろ、ナナが記憶して伝えてきたのは、語りや音楽という素晴らしい伝統、それに、一族の人々のつながりや地元のできごとでした。昔からずっと、アイルランドのナナは家族のルーツを大切にしています。ナナは、生きた歴史書なのです。

＊『ジュリアス・シーザー』（ウィリアム・シェイクスピア著、小田島雄志訳、白水Uブックス）の中のマーカス・アントーニアスのセリフ。

ナナの中には、世代と世代との懸け橋となって、私たちを祖先へとつないでくれた人もいました。そういうナナは家系図博士のような存在で、私たちが誰なのか、どこから来たのか教えてくれました。一族の全員について実に詳しくて連絡も取り合っており、系図を何世代もさかのぼってたどることができました。ルーツを知っていることは大切で、自分がどこから来たのか知らなければ、どこへ向かっていくべきかもわからない、そう考えていたからです。先祖を大事にしていて、一族の一員であるという自覚を孫に抱かせたナナもいました。あの頃の人々は質素倹約を心がけ、環境に配慮した暮らしを重んじていて、その信条を子や孫に伝えようとしました。

祖母には、実に様々なタイプがいます。抱きしめたくなるほどかわいいおばあちゃん、「言われたとおりになさい」と命令するタイプ、優しい思いやりにあふれたおばあちゃま、気難しいおばあさん、「子どもは静かにして黙っているべき」と考える厳しいおばあさま。それに、あなたの人生を明るくし、「世界って素敵なところだな」と思わせてくれるおばあちゃん。本当に、いろいろなタイプの祖母がいるのです。それに、呼び方にもバリエーションがあります。「グランママ」、「グランマ」、「グラニー」、「グラン」、「ナン」。それに、アイルランドの田舎でよくあるのは「ナナ」。ひとつひとつの呼び名が、異なるイメージを思い起こさせます。

母親や祖母になるのに向いている女性がいて、その女性たちはごく自然に役割を果たしています。生まれつきゆるぎない母性本能が備わっているので、子育てをうまくこなします。あるいは、流れに身を任せ、その立場になってから学んでいく人もいますし、責任の重さに少々気圧《けお》されてしまい、もがき続けることになる人もいます。私は、この最後のタイプに分類されると思います。でも今、おばあちゃんになったことで、少しは落ち着きました。以前は煩わしく大変だと思っていたことを、今では楽しむこともできるようになりました。

ナナは確かに特別な存在です。かつて、あるナナがこう言いました。「おばあちゃんって、世界一素敵よね。いいことばかりで、悪いことなんてひとつもないもの」。なんと嬉しいことではありませんか。孫たちが遊びに来て、家の中を散らかしてしまうかもしれません。でも、時間がくれば孫は帰っていくのです。そうすればナナは、もとの整然とした一人暮らしに戻ります。ナナは、孫を甘やかすという贅沢ができるうえ、それが日常的な状態にならないと知っています。結局のところ、子どもたちの生活に境界線を引くのは親の仕事だからです。けれどもナナも、自分が望めば子どもたちに厳しく接することができます。必要なら厳格な態度をとることもできるわけですが、それは毎日でなくていいのです。こんな風に、ナナとは大いに自由な存在です。

幼い子どもの目を通して祖母を見る機会を与えられると、子どもと祖母の関係が本当に独特なものであると気づきます。ケリー県出身の偉大な作家であり、先見性のある人物だったジョン・モリアーティ[*1]は、ある著書の中でこの点について記しています。カナダのマニトバ大学で教鞭を執っていたジョンが、休暇でケリーにある実家の農場に帰省していたときのことです。その日は聖金曜日[*2]で、親戚はみな復活祭の儀式に参加するため地元の教会に出かけていました。ジョンと六歳の幼い姪が、お産を控えた雌牛の世話をするため、自宅に残っていたのです。ジョンがこの姪と、母牛の中から子牛が出てくるのを見ていると、姪はジョンの方へ向き直り、はっきりと告げたのです。あたしもママのお腹から出てきたのよ。ママはどこから来たのかジョンが尋ねると、少女は、当たり前でしょうという顔で言ったそうです。「ナナのお腹からに決まっているでしょ！」。ところが、じゃあナナはどこから来たのかジョンが尋ねると、おじが何も知らないのに驚いたという表情で、少女は確信を持って断言したのでした。「あのね、ナナはずーっと前からいたのよ」。この子にとって、ナナのいない世界など、考えられなかったのでしょう。ナナは、その子の世界をしっかりと支える壁であり、ナナより前には、何物も存在していないのでした。

＊1　一九三八〜二〇〇七。アイルランドの作家、哲学者。カナダやイギリスに居住した後、出身地であるケリー県で晩年を過ごした。
＊2　聖週間（復活祭前の一週間）の金曜日。イエス・キリストの受難と死を記念する日。

昔は、ナナが家族と同居して、一家と暮らしを共にするのが当たり前でした。また、隣家や同じ通りにナナが住んでいることもあり、子どもが自宅で嫌なことがあると、ナナのもとへ駆け込んだものです。もしあなたが都会に住んでいるのなら、あなたのおばあちゃんが田舎の村や小さな町に住んでいたり、農場で暮らしていたりするかもしれませんね。あなたは夏休みをおばあちゃんのもとで過ごし、まったく違う世界を体験したのではないでしょうか。外国に移住した家族の孫が、休暇でアイルランドのナナのもとを訪れ、一族のルーツを確認し、まったく異なる暮らしに触れることもあります。私の姪のリサはイギリス育ちですが、リスダンガンにある、うちの実家の農場にナナを訪ねてきて、別世界を体験していました。

数年前、ダブリンでサイン会を行ったときのことです。田舎暮らしについて綴った私の本をなぜ買ってくれるのですか、とダブリンに住む読者に尋ねたことがありました。すると、かなり多くの人がこう答えたのです。ケリーやメイヨーやゴールウェイにおばあちゃんがいて、夏休みはその田舎で過ごしたのです、それがとても楽しかったからです。子どもの頃、夏休みを大いに楽しんだので、大人になってからも、過ぎ去った日々をなつかしく思い出し、もう一度あの世界に戻りたい、というのでした。そんな休暇を過ごすことができたのもおばあちゃんのおかげだと、感謝の気持ちでいっぱいなのです。そう、ほとんどの場合、長い夏休みのあいだ責任をもって孫の世話をしていたのは祖母でした。もちろん、祖父も協力はしていましたけれど。子どもたちにはそれが当たり前でしたが、何年もたってから、祖母との夏休みをなつかしく思い出し、感謝するようになるのです。大人になってから、祖母に感謝するようになるわけです。

かつて、祖母は家の農場でせっせと仕事をしていました。農業というものが変わってしまった今は、アイルランドでそのような女性が見られることはなくなりました。現代の祖母は、実家の農場にはいないのです。孫たちと祖母は、今では別の場所で休暇を楽しんでいます。昔は家に祖母がいました。だから、誰が赤ん坊の世話をするのか、また、誰がナナの面倒をみるのか、という問題は起こりませんでした。現在は、赤ん坊は保育所に預けられ、ナナは老人ホームに入ります。

祖母が家族の輪の中にぴたりとはまるかどうかは、家族内の力関係しだいでした。でも力関係の調和が保たれていなければ、不利益をこうむるのは孫たちだったのです。孫の子育てにより深くかかわるのは、多くの場合、母方の祖母です。息子の妻よりは自分の娘に、子育てについて口出しをしやすいのでしょう。ええもちろん、そうでない場合もあります。というのも、サイン会では、義母のために私の本を買っていく女性もいるからです。そんなとき、私は声をかけます。「あなたって素晴らしいお嫁さんなのね」。すると、返って来る返事は、たいていこんな感じです。「いえ、義母が素晴らしい人なので」。きっと、お互いにそう思っているのだと思います。でも子どもにとっては、父方のおばあちゃんか母方のおばあちゃんかということは、あまり問題ではありません。家族全員の関係が望ましいものであれば、祖母と孫の関係は素晴らしいものとなり、孫はおおいに恩恵を受けることになります。

競走馬の世界では、血統をたどるには「母馬」が良い目印になります。子を産むのは母親と決まっているからです。また、子どもの性格を決定づけるのは、父親の遺伝子より母親の遺伝子であることが多いようです。私たち人間は、一族の特徴ともいえる性質を祖母から受け継ぐことがあります。それに、自分が好もうが好むまいが、私たちの外見や行動様式を決めるのは、大量にある一族の遺伝子のうちのいずれかです。

優しく親切な隣人や家族の友人が、祖母の代わりをしてくれることがあります。代理をする側にとっても、してもらう側にとっても、この関係は特別なものになるでしょう。代理の祖母は、自分自身に孫がいないことが多いのですが、そんな女性が、血縁はないけれど慕われるナナとなるのです。コネマラ在住の詩人であり哲学者のジョン・オダナヒュー*は、少年のころ彼が愛した、近所に住む優しいおばあさんについて記しています。ある日の夕方、学校から帰ると、ジョンはその人が突然亡くなったと聞かされます。生まれて初めて大きな喪失感に襲われ、自分の世界を作り上げている根幹のひとつがなくなってしまったように感じたといいます。子どもが人生で初めて遭遇する人の死が、祖母の死であることはよくあります。かつてある子どもがこう言ったのを聞きました。おばあちゃんの死は、大地を揺るがすほどの大事件だから、六時のニュースに取り上げられるはずだ。ナナ・バリドゥエインが亡くなったとき、私は二十歳でした。ナナと私は、特に親しい間柄ではありませんでした。それでも私は、泣き崩れてしまいました。泣きながら、子どものころナナの家で過ごした晩を思い出していました。ふたりで寝心地の良い大きな羽毛布団のベッドに横になり、ナナが特別なお祈りの仕方を私に教えようとしました。それなのに私は、うとうとと夢の中に入っていったのでした。

＊　一九五六～二〇〇八。アイルランドの詩人、作家、司祭、哲学者。アイルランド語母語話者。休暇中にフランスで急死した。

この本を書き始めた今、そんな賢い女性たちが何人も、私の肩越しからのぞいているのを感じます。彼女たちに話をしてもらうことにしましょう。ページをめくっているうちに、あなたにも、ご自分のナナとその暮らしぶりを思い出していただきたいと思っています。

素敵な祖母たち　目次

Copyright for text © Alice Taylor 2022
Copyright for photographs © Emma Byrne
Original Title: THE NANA
First published by The O'Brien Press Ltd., Dublin, Ireland, 2022
Published in agreement with The O'Brien Press Ltd.
through Tuttle-Mori Agency, Inc.

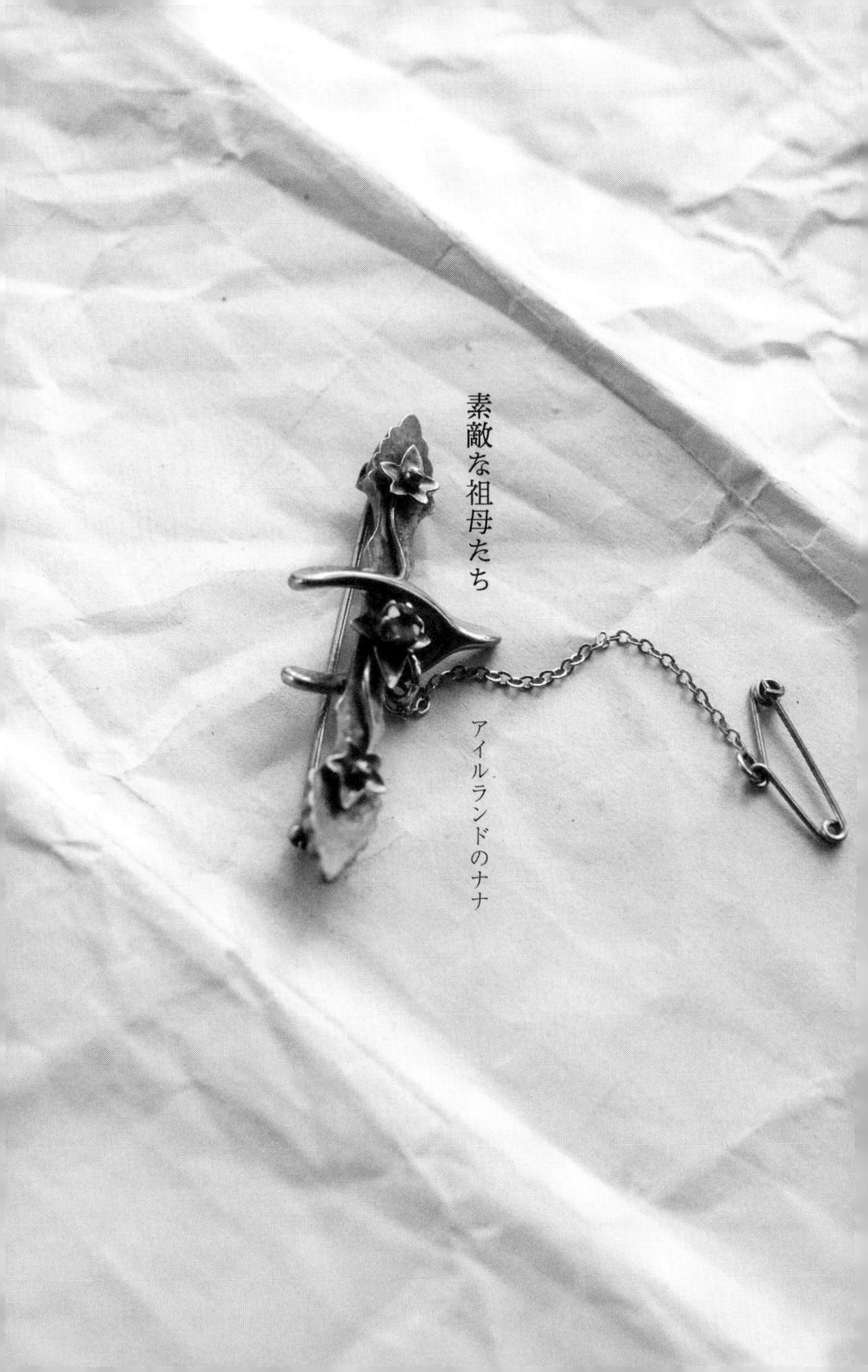

素敵な祖母たち

アイルランドのナナ

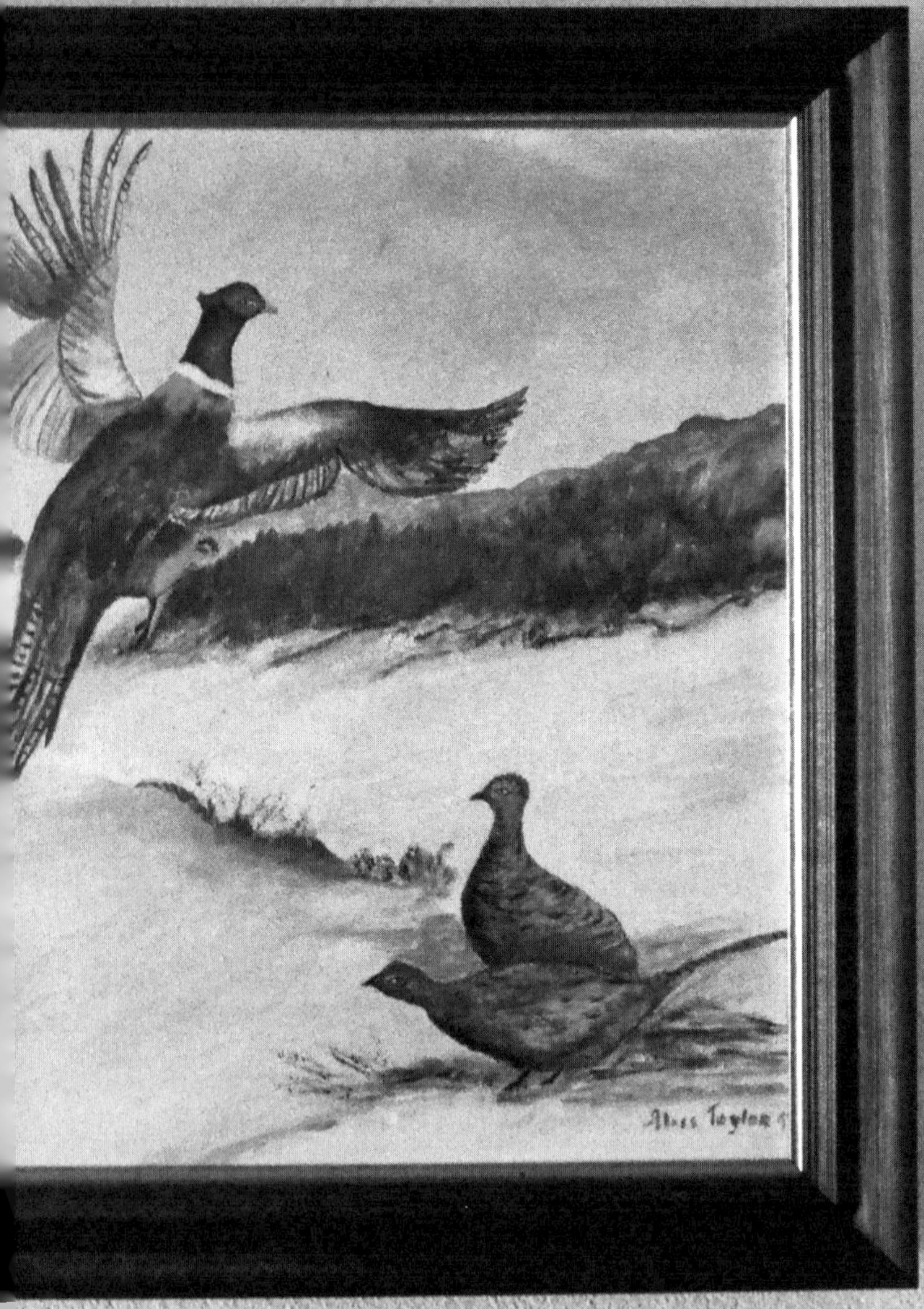

農家の台所の暖炉は、調理場であり、暖房器具であり、湯を沸かす場所であり、ナナの居場所でもありました。そこは家庭の中心でした。

テイラー家の祖母

ウォークイン・クローゼットなどない時代、服をたたんで「高脚付き洋箪笥《トールボーイ》」に収納していました。

電気が普及する前は、こんなアイロンが使われていました。暖炉で温めてから服に当て、ゆっくりと動かしてしわを伸ばしていたのです。慎重に扱わないと、やけどをする危険がありました。

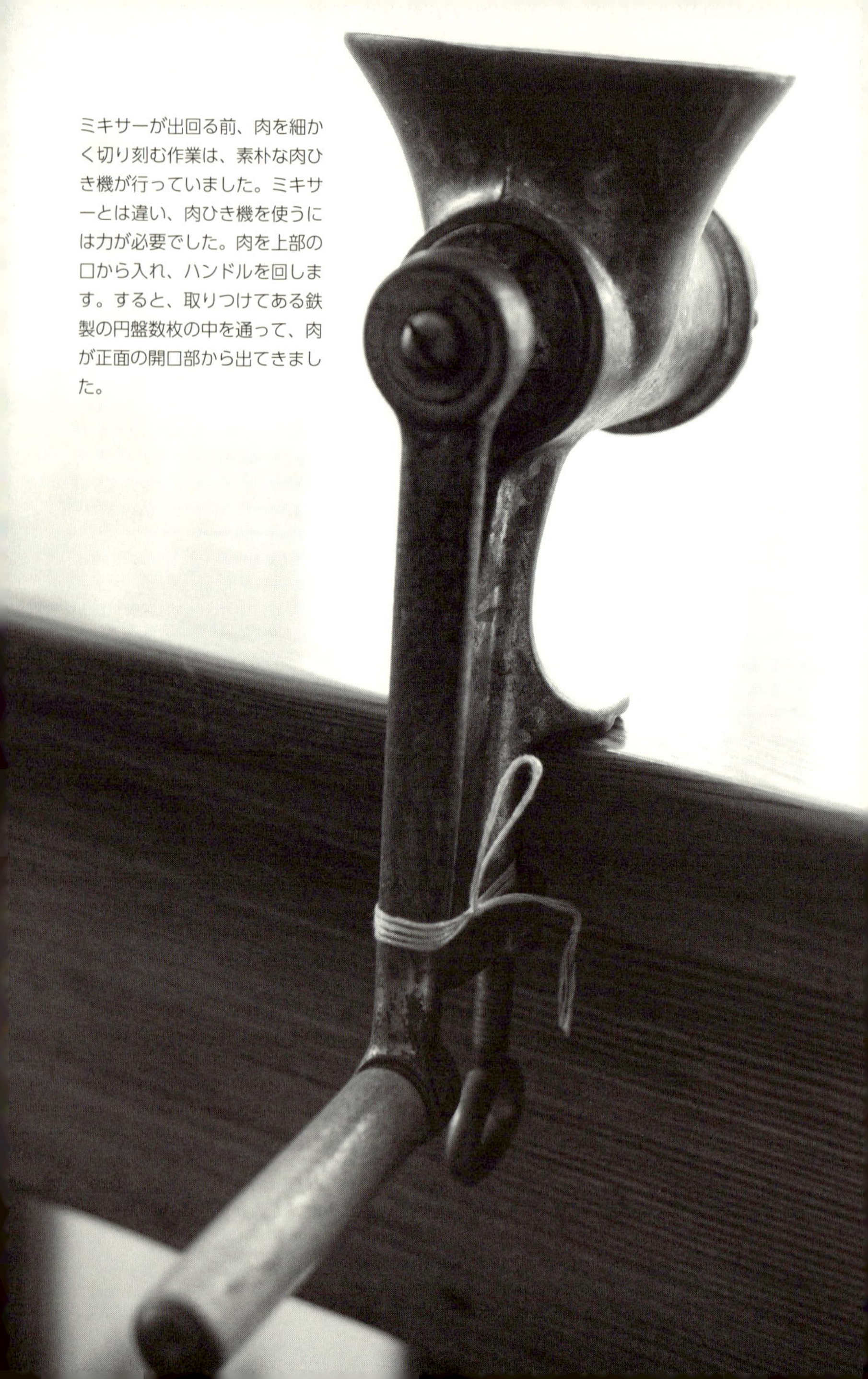

ミキサーが出回る前、肉を細かく切り刻む作業は、素朴な肉ひき機が行っていました。ミキサーとは違い、肉ひき機を使うには力が必要でした。肉を上部の口から入れ、ハンドルを回します。すると、取りつけてある鉄製の円盤数枚の中を通って、肉が正面の開口部から出てきました。

巡回ミサを自宅で行うときや、特別なお客様をもてなすときのために、
ナナたちは上等な陶器を１セット用意していました。

真鍮の燭台は、
巡回ミサとお
通夜の際に使
われました。

小さなスキレット鍋は、ちょっとしたごちそうを作るとき、暖炉の火にかけて使いました。私のスキレット鍋は、今では庭の小鳥たちの水飲み場になっています。

第一章　私の祖母の世代

1　家事をつかさどる人

　私は、ベーコンとキャベツ、それにジャガイモを食べて育った世代です。私たちより前の世代も、ずっとそうでした。後年になると、この手の食事は、何のおもしろみもない田舎者の食べ物だと少々軽んじられるようになりました。けれどもその昔、ナナはこういう物を食べさせて、家族の健康を保ってきたのです。ジャガイモの収穫が激減すると[*1]、たくさんのアイルランド人が餓死し、また、おんぼろ船に乗せられて外国へ移住させられた者もいました。だから当時のナナたちが、ジャガイモを「貴重な食べ物」として、それにふさわしい敬意をもって扱ったのも、不思議ではありません。ナナが家族に指図して、ゴールデン・ワンダー、ケリーズ・ピンク、アラン・バナーなどの品種を切り分けさせ、種イモを作らせました。小さく切りすぎたものは「目なし（ブラインド）」と呼んで撥ねました。新たな命を芽吹かせるのに必要な、命を生み出す目を持っていない、という意味でした。種イモの切り分けは、ジャガイモの植え付けが聖パトリックの祝日[*2]に始められるタイミングで行いました。植え付けが遅くなったイモを、皮肉たっぷりに「カッコウイモ」と呼び、そうならないようにしていました。あの当時春が近づくと、子どもたちは短い詩を口ずさみ、ツバメが飛んで来るのを見たりカッコウの鳴き声を聞いたりするのを心待ちにしていたのでした。

＊1　一八四五年〜四九年に、アイルランドではジャガイモの不作が原因で飢饉が起こった。

＊2　三月十七日。アイルランドの守護聖人、聖パトリックを祝う日。

カッコウは　四月になると　やって来る
そして五月に　鳴きはじめ
六月なかばに　歌うたう
七月が来て　去っていく

つまり、カッコウが鳴く頃にジャガイモの植え付けをしているとしたら、予定を大幅に遅れていて、「カッコウイモ」を植えていることになったのです。「カッコウイモ」は、早く植え付けたイモよりも、ずっと味が落ちるとされていました。

ナナは子どもたちに、イモの正しい植え付け方法を教えました。ナナも、自分のナナからやり方を教わったので、どのようにしたらよいのかよくわかっていたのです。著名な画家ミレーは、名画「晩鐘」や他の作品に、畑で精を出す人々を描いています。その中にたくましい体つきの女性もいるのですが、これは意外なことではありません。ミレーが描いたように、女性も農場で働いていたのです。アイルランドでは、祈願日[*1]に収穫を祈念して大地に聖水を撒きますが、それを先導するのは女性でした。農地を清め、豊作を祈願し、食卓に食べ物が並ぶよう、自然と神に祈りを捧げたのです。ジャガイモの植え付けには、子どもたちも引っ張り出されました。手伝いをしつつ植え付けの仕方を学んだのです。子どもはすぐに覚えてしまいました。牛小屋から運び出した糞《ふん》の上に正しい間隔で種イモを並べて小さな苗床をいくつも作り（ニワトリの糞はジャガイモには適さないとされていました）、今度はそれを畝《うね》に沿って並べていきました。寒いなか何日もの間、きょうだいと一緒に、地面に手足をついて種イモを並べながら、細長い畑をゆっくりと進んでいったことを思い出します。畑はわが家の食料基地でした。畑には、一年のあいだ家族を食べさせてくれるものが植えられていたのです。さて、ジャガイモの植え付けをするとき、子どもたちは、ある隣人の言葉を実行しました。「はい、頭を下げ、お尻を風にさらしてどんどん進め」。この作業をして私たちは辛抱強くなり、「ねばり根性」[*2]が鍛えられました。おまけに体の柔軟性も高まって、体調も良くなったのです。

＊1　キリスト昇天祭前の三日間。カトリック教会では連禱を唱えながら行列をする。
＊2　著者は少女時代、修道院が経営する女学校に通っていた。そこで洗濯の仕方を教えていた老シスターが、がまん強く作業を続けることを奨励し、生徒を鼓舞するために作り出したことば。

ジャガイモの収穫の時期になると、子どもたちはまた作業チームの一員となりました。数か月前に植え付けた、小さなひとつの種イモが、今やたくさんの丸くて白いジャガイモに成長していました。茶色い地面を鋤《すき》で掘り起こすと、ジャガイモがゴロゴロと出てくることに驚いたものです。そんなとき、ジャガイモの出来を正確に判断するのはナナでした。ひとくち食べたナナからお墨付きをもらえたら、その年の収穫はすべて大丈夫ということになりました。ナナは試行錯誤を何度も重ね、ジャガイモの品質を見極められるようになった、たたき上げのエキスパートでしたから。ジャガイモは、冬の食糧として穴蔵に蓄えていましたが、それとは別に、毎日食べる分を掘るために、ひと畝を残しておきました。その日に食べるジャガイモを、朝早く掘りに行くのはナナの仕事でした。ナナから「パンディ」を作ってもらったことを懐かしく思い出す人もいるでしょう。「パンディ」とは、大きなイモを柔らかく蒸かし、ほくほくになったイモをつぶして、バターと温めた牛乳を入れて混ぜ合わせたものです。のどが痛くても、お腹の調子が悪くても、するりと体に入っていき、心をなだめてくれる食べ物なのです。私はこの歳になっても、インフルエンザにかかったり、体調を悪くしたりすると、治りかけには温かいマッシュポテトを食べます。すると、元気が出るのです。ナナはまた、ケールを刻んでビタミンたっぷりのキャベツ水[*1]に入れ、これをパンディに加えて風味豊かなコルカノンを作ってくれました。コルカノンは小ぶりなスキレット鍋で作ります。スキレットという小さな鍋は、ベーコンやキャベツ、ジャガイモなどをゆでる大きな鍋の親戚ともいえるもので、ちょっとしたごちそうを作るために使いました。ある古い歌に、この鍋が出てきます。これまで多くの歌手が歌ってきましたが、メアリー・ブラック[*2]とその家族が歌って広く知られるようになりました。

＊1　キャベツを煮てから冷ました水。ビタミンやミネラルをたっぷり含んでいる。
＊2　一九五五年生まれのダブリン出身のフォークシンガー。

ああ　あの頃は幸せだった
紛争[*]なんて知らなくて
うちの母さん　コルカノンつくる
小さなスキレット鍋で

＊　一九六〇年代後半に始まった、北アイルランドの領有を巡るアイルランドとイギリスの領土問題のこと。

私は、ナナが使っていたスキレット鍋を庭の木にぶら下げています。いろいろな小鳥が来て鍋の縁にとまっては水を飲みます。クロウタドリが中で水浴びをして、周りに水を跳ね飛ばしていることもあります。

ナナは夕食用のジャガイモを家に持ってくるとき、同じ畑に植えてあるキャベツの球《たま》をいくつか切り取って抱えてきました。つまり、夕食の材料をすべて運んできたのです。台所の隣にある涼しい部屋には大樽が置いてあり、そこに塩漬けのベーコンの塊がたくさん入っていて、いつでも引き上げられる状態になっていました。ひとつ取り出して大きな鋳鉄の黒鍋に移し、それを暖炉の火にかけて煮立てました。キャベツをよく洗い、中にいる小さな住人を取り除いておいてから、ベーコンを煮ている鍋の中に投入します。するとキャベツがベーコンの風味を吸収するのです。このベーコンも、有能なナナの指導のもとで作られたものでした。ナナは豚の世話もしていたからです。母豚が産んだ子豚の中に、弱々しくて他の元気な子豚との競争についていくことができない子がいると、「ひ弱」と判断され、暖炉脇に置いたバターの箱に入れられました。暖炉の煙突近くの椅子に腰かけたナナが、その子豚の世話をし、ミルクがたっぷり入った大きな哺乳瓶で、またあるときにはウイスキー瓶に乳首を付けたもので、ミルクを飲ませたものでした。すごい力で吸い付くため乳首がへたってくると、ナナは耐久性のある黒いゴムのものに取り換えました。そうすると、子豚の強くなったあごの力にも耐えることができました。豚には、つぶしたカラスムギに生ごみを加えたものを食べさせていました。農家の台所には、豚のえさを入れるバケツが置いてあり、食べ残しはすべてそこに入れました。豚は、主食ともいえる肉を一家に提供してくれる大切な存在でした。うちの家族では、豚を屠殺《とさつ》するために必要な技術を父に教えたのはテイラー家の祖母で、母の弟には、ナナ・バリドゥエインが教えました。大変な作業ですが、このふたりの女性は、なすべきことをできるだけ思いやりをもって行う技をマスターしていたのです。その上の世代は、ジャガイモ飢饉を耐え抜いた人々です。ナナたちは、生き残るために、なすべきことをひるまずやってのけたのです。自然界においては、どんな生き物でも、家族に食べさせることが何よりも大切です。ナナたちは男性と力を合わせてその使命を果たそうと励んでいました。ナナ・バリドゥエインは、手際よく病気の家畜の世話をしたものでした。また、家畜の出産がつつがなく進み、無事に子牛や仔馬が生まれるよう上手に導いていたことをよく覚えています。その上、農場の金銭的なやりくりをし、経営者として優れた手腕を振るっていたのです。

女性には土地を相続する権利はありませんでしたが、農家では特に、女性は土地に対して大きな影響力を持っていました。ナナたちはまさにそういう生き方をしてきており、自分の生き方を次の世代に伝えました。世代間のつながりはとても重要で、農場で暮らす人々にとっては、ことのほか大切でした。私のナナは一八六〇年生まれですが、わが家の家風はそのずっと昔から続いています。なにしろこの同じ農場で、一族の八世代が暮らしてきたのです。ずいぶんと長い期間ですが、こういうことは決して珍しくはありません。

さて、豚を屠殺すると、次はプディング*を作るために詰め物をすることになります。これには、各家庭で守られてきた秘伝のやり方があり、ナナが家族だけに伝授してきました。うちではナナ・バリドゥエインがこの作業を指揮しました。だから、作業の進め方には間違いがないとみんなが思っていました。詰め物は、長時間かけて行う大変な仕事です。まずは、中に物を詰めるためのケーシングを洗う、冷たい作業から始めます。ケーシングとは、つまり、豚の腸です。ちょっと気持ち悪く感じる人もいるかもしれませんが、これを何度も何度も洗う必要がありました。家庭に水道が引かれていない頃の話ですから、川の中に入り、長時間立ちっぱなしで、流れる川の水で洗うのです。腸が白っぽく、ほとんど透明になって、見た目も手触りもくねくねしたウナギのようになったら、今度は中に詰め物をしやすいように、こすってなめらかにします。

* 太めのソーセージ。豚肉と脂身で作る淡色のホワイトプディング、そこに豚の血を加えて作る黒い色のブラックプディングがある。

小腸はソーセージになり、大腸はブラックプディングになりました。大腸はホワイトプディングにすることもありましたが、ブラックプディングにするときは、豚の血液を煮立てたものを主な材料として入れました。現在でも、一流のアイルランド料理レストランの多くには、メニューにブラックプディングがあります。これについては、ナナに感謝しなくてはなりませんね。創意あふれるナナたちがプディングというものを考え出し、代々伝えてきたからです。昔はミキサーもフードプロセッサーもありませんでした。鉄製の単純な作りの肉ひき機が、食卓の隅にしっかりと据え付けられてあるだけでした。豚の肝臓と肺を炒めてから、その肉ひき機でひきました。ゆでた胃もひきました。つまり、豚の内臓を使ったわけですが、あの頃は、無駄にする部分などひとつもないと考えられていたのです。はらわたをひいてから、玉ねぎやパン粉、あとはそれぞれの家庭で好みのものを加え、混ぜ合わせました。

肉ひき機は、形が少し異なる円盤を中に数枚入れて使うようになっていて、円盤の組み合わせによって、ひかれて出てくるものの大きさや硬さが決まりました。わが家では、使いたい円盤が見当たらないと、うちより少々山深い地にあるナナ・バリドゥエインの家に借りに行かなくてはなりませんでした。ナナの家は、うちよりずっときちんとしていて、うちで必要なものは何でも貸してくれたのです。ところで、肉ひき機を食卓に据え付けるには、固い決意と断固とした態度、それに緻密さが必要でした。というのも、肉ひき機が不安定でガタガタ揺れると、はらわたもろとも床の上に落下することがあり、悲惨な結果を招くことになるからです。この器械で肉をひく音を、今でも思い起こせます。断固たる決意でぐるぐるハンドルを回すと、豚の内臓がひかれて、そこに溶け込んでいた脂肪とともに、肉ひき機の中から出てくるのです。出てきた代物に、ナナの指示に従っていろいろなスパイスとハーブを混ぜ合わせ、味見やら硬さの確認やらを繰り返し、ナナが求める風味と硬さにするのです。

それからようやく詰め物をする段階に入ります。肉ひき機の前面に「充塡機《フィラー》」と呼ばれる付属品を装着し、プディング用の細長いケーシングの端をフィラーにかぶせます。そうしておいて、ひいたものをまた肉ひき機に入れてハンドルを回すと、ケーシングの中にどんどん詰められていくのです。ゆっくりと、長い湾曲したプディングができあがっていきました。ある程度の長さになったら、ちょうどいいところでちょきんと切って、その口を丈夫な糸でしっかりと結びます。

このようにしてプディングがいくつもできあがったら、暖炉の火の上でぐつぐつとお湯が沸いている、大きな黒鍋の中に投入するのです。ゆであがったプディングを鍋から引き上げる作業は、細心の注意を払って行わなければなりません。だから、長い棒を使って引き上げます。それからプディングをほうきの柄に巻き付けます。座面が縄編みになった木製の椅子を二脚用意し、少し離して背を合わせて置き、そこにほうきの柄を渡し掛けてプディングを冷まします。こんな風にして、プディングを山のようにたくさん作るのです。プディングやポークステーキは、うちの家族が食べる分だけでなく、ご近所の家々にもお裾分けをしたからです。ご近所で家畜の豚を屠殺すると、同じようにうちにも分けてくれました。屠殺した豚はしばらく吊るしておいて、そのあと塩漬けにするのですが、その作業を指揮したのもナナでした。豚にとって終の住処となる大きな木樽に、水と塩を正確にどれくらい入れたらいいか、ナナが指示したものでした。

夕食には、ベーコンのかわりにローストチキンが食卓に上がることもありました。雄鶏が何羽も庭じゅうをうろついていましたから。必要とあらば、ナナは雄鶏の頭をいとも簡単にひねりました。また、ひねった雄鶏をぐつぐつ煮立て、特製のチキンスープを作ることもありました。このスープはラザロ*をも死からよみがえらせる、あらゆる病気に効く万能薬なのだとナナは思っていました。ナナは、秋になると息子（私の叔父）に、湿地に行ってタシギやオオライチョウなどの野鳥を射止めてくるようにと告げました。野生の鳥の肉が、血液をきれいにし、体の不調を治すと信じていたのです。また、コウライキジを見かける時期になると、ナナは大変喜びました。キジ肉には健康に良い効能がいくつもあるとされていたからです。病気やけがを治すすべを地元の医師よりずっとよく知っている、ナナはそう自認していました。それを医師本人に告げていたほどでしたから。ナナは、自分の農場の中に小川が流れていないことを残念に思っていました。それで、ナナの求めに応じて新鮮なマスを届けるのは、私の父の役目でした。父は満足げな笑みを浮かべ、マスを届けたものでした。

＊　新約聖書に登場する人物。病死したが、四日後にイエスによってよみがえらされた。

ナナは毎日大きな黒パンをいくつも焼きました。そして、パンの作り方を私の母に教えました。おいしい黒パンを作るための秘訣は、質の良いサワーミルクを作ることができるかどうかにかかっている、ナナも母もそう言い切りました。朝、牛の乳しぼりが終わると、しぼりたての牛乳をバケツに一杯分、家の中に運び込みます。これはうちで使う分で、あとは大型の缶に入れてクリーム加工所へ運んでいきます。加工所では、牛乳はバターとチーズを作るための成分を抽出され、残った脱脂乳がうちの農場に戻って来るのです。それを子牛や子豚に与えていました。夕食が終わった後、飲み残した牛乳を陶器の壺かほうろうのバケツに入れます。しばらく置いて、少し酸味を持たせてからパン作りに使うのです。ときどきかき回しつつ、目を離さずに見守りました。ちょうどいい具合になったら、これでサワーミルクのできあがりです。

ナナの時代、調理用のはかりなど使われていませんでした。必要な分量の小麦粉と全粒粉を量るのに、ナナはお皿を使っていたのです。粉を混ぜ合わせ、そこに重曹をスプーンで量って入れ、サワーミルクを慎重に注ぎます。ちょうど良い硬さになるまで注いだら、オーブンのベーキング皿の上でよくこねて生地の塊を作ります。それから平らにして、作りたいパンの形にしました。生地をこねるという行為は、こねている人に達成感をもたらし、その人を安らかな気持ちにしてくれるようです。こねている間、鋳鉄の足つき鍋を暖炉の火にかけておきます。パンを焼くために温めておくのです。鍋のふたは火の中に置き、熱しておきます。生地がこねあがったら、鍋の中に小麦粉をひとつかみ振り入れます。それから、鍋の底と同じ大きさにしておいた生地を、底に合わせるようにして慎重に入れ、熱々のふたをかぶせます。パンが均一に焼けるように、真っ赤に燃え上がる泥炭をふたの縁に沿って置いていきます。

黒パンを焼くのにちょうど良いとされていた火加減の頃合いは、泥炭のあいだでちろちろと見え隠れしていた火が、赤く輝く炎に変わったときでした。この火加減では、素晴らしくおいしいトーストを焼くこともできました。赤々と燃える泥炭の火にパンをかざすと、パンはかぐわしい湿地の匂いをまといつつ、ゆっくりと金色を帯びた褐色に変わっていきます。おいしいバターがたっぷりしみ込んだ、サクサクした口当たりで独特な風味のトーストができあがるのです。火から離れた安全な場所からパンをあぶることができるよう、トースト用のフォークを作ったのは、賢いナナでした。クリーム加工所から柔らかい針金をもらってきて、それで長いフォークを作ったのです。

生地が焼けると、台所はおいしい香りでいっぱいになりました。香りが煙突からふわりと外へ出ていくこともあり、庭や畑にいても、家の中でパンを焼いていることがわかったものでした。ナナは長年の経験から、いつ自在かぎを手前に動かして鍋を火からおろすか、いつ鍋のふたの上の泥炭を落とすか、いつトングで鍋のふたを外して焼きあがったパンを取り出すか、すべてのタイミングを心得ていました。取り出したパンは、湿らせたティータオル[*1]か小麦粉の袋で包み、冷ますために窓辺に置いておきました。足つき鍋にすぐ次の黒パンの生地を入れて焼くこともありましたし、私たちが「甘いケーキ」と呼んでいたものを焼くこともありました。このケーキには、大小さまざまな大きさの干しぶどう、砂糖とクリームがたっぷり入っていました。秋になり、リンゴがたわわに実ると、ナナは大きなリンゴのケーキを焼きました。リンゴのケーキを焼いていると、鍋の中でリンゴと砂糖が一緒になってぐつぐつ音をたてるのが聞こえたものです。ケーキを鍋から取り出すと、私たち子どもが鍋のまわりに群がりました。鍋の底にこびりついている、タフィー[*2]のようにべとべとするものを、スプーンでかき出して食べてもいいことになっていたからです。それは、リンゴの汁と砂糖が固まったものでした。

＊1　大判のキッチンクロス。食器を拭いたり、テーブルクロスにしたり、冷めないようにティーポットを包んだり、様々な用途に用いられる。
＊2　砂糖とバターを煮詰めたお菓子。

ときに「お店のパン」と呼んでいたものが家にもたらされると、ちびちびと味わいつつ食べました。もしパン切れが残ったら、ブレッド＆バタープディングをこしらえたものでした。作り手のその日の気分と手近にあるものによって、使われる材料はいろいろでした。だけどおおむね共通していたのは、硬くなったパンと薄く切った果物を層になるよう交互に容器に入れ、砂糖を加えて、カスタードクリームに浸すようにしてから焼き上げるということでした。食べるとき、さらに生クリームをかけてもらえるという幸運に恵まれることもありました。

日々の料理に使う小麦粉は、穀物商人に届けてもらっていました。小麦粉は「バギーン」と呼んでいた袋に入った状態で届けられました。この袋は、目端が利くナナの手によって、多種多様なものに生まれ変わる運命にありました。上質な素材でできていて、注文した小麦粉の量によって、サイズもいろいろでした。袋は、家の中のいろいろな物としても使える、無限の可能性を秘めていました。まず、袋が空になったら水でよく洗い、外の低木の上に広げておきます。そうやって長いあいだ太陽の光にさらし、製粉所で印刷された文字を褪色《たいしょく》させました。文字が見えると、ナナが作ろうともくろんでいる物には前世があったという証拠になってしまうからです。うまい具合に文字が色褪《いろあ》せて、ほとんど見えなくなることもありました。それでも、うちのテーブルクロスやシーツ、枕カバーに前掛け、そして実のところ私たちのワンピースも、いつぞやは別物だったと物語ることがあったのです。でも、ワンピースの正面や後ろに製粉所名と番地の印刷が残っていても、ナナが気に留める様子はありませんでした。最近では、ときどきこういうファッションがありますよね。もしかしたら、ナナは流行の先端を行っていたのかもしれません。

小麦粉の袋一枚で枕カバーを作りましたが、シーツを作るには大きな袋が四枚必要でした。この袋で作ったシーツ二枚の間に入って眠るのは、本当に気持ちの良いことでした。シーツは柔らかくて肌触りが良かったのです。それに、夏には涼しく、冬には暖かく感じられました。ベッドに入ると、シーツの上にドリプシー&フォックスフォード社のウールの毛布を掛けました。娘が家庭を持つときに、母親から娘への贈り物として使われる上等な毛布です。毛布の上には、すべてを包み込む茅葺き屋根のごとく、パッチワークのキルトを覆いかぶせました。キルトは、毛糸かフランネルで裏打ちしたものが多く、何世代にも渡って使い続けることもありました。けれどもシーツは、使い続けているうちにすり減ってきます。すると、賢いナナはハサミを手に取り、真ん中を切り裂きます。そして両端を内側にしてミシンで縫い合わせたのです。そうやってシーツの寿命を延ばし、ついにシーツが長い旅路を終えると、ナナはシーツを小さく切って雑巾や家具を磨くための布として使いました。ナナの信条は「あり合わせで済ませる技をマスターすること」でしたから。

私のナナは流行に敏感なタイプではありませんでした。母が五人の娘のワンピースを縫っていると手伝ってくれるのですが、子どもたちの体が隠れればそれでいい、そう考えていたのです。だから私たちのワンピースは縦長の布の両脇を縫い合わせたもので、上に頭を出すための穴があいていて、両脇に腕を通す穴があいているだけという代物でした。私たちは、ナナの裁縫の技術にケチをつけることはしませんでしたが、少し成長していろいろなことがわかるようになると、文句の一つも言いたくなったものでした。でも不平を言い立てても無駄だとわかっていました。ナナが抗議を受け入れるはずがなかったからです。

それが何年もたった後、テレビでマリークワント*のファッションショーを見ていて、あれえ、ナナはあのときすでに見抜いていたのかもしれないわ、と思ったものでした。また、今年になって、イギリスのチェルトナム競馬場で行われた障害競走をテレビで見ていると、ある競馬評論家が、視聴者に見せつけるかのように、とてもおしゃれな外套を身につけていました。裾の部分に、上部とはまったく対照的な色の布をあしらったものでした。私は思わず微笑みました。子どものころ私たち姉妹は、どんどん身長が伸びてコートの丈がすぐに短くなってしまいました。そんなときナナは、私たちの足を隠すために、これと同じ解決策を編み出していたのです。当時はそれが嫌でたまらなかったことを、思い出したのでした。

＊ イギリスのデザイナー、マリー・クワント（一九三〇～二〇二三）が創設したファッションブランド。

私のナナは、編み物はしませんでした。それでもご近所には編み物の達人ナナが何人もいて、靴下のつま先の穴をふさいでくれました。また、靴下のかかとの編み方のコツも教えてくれたものでした。靴下の編み方は学校で教わりました。裁縫の授業ではトップステッチやランニングステッチ、しつけ縫いのやり方も習いました。あの頃は、裁縫ができるということが、とても大切だったのです。ナナたちには、それぞれに得意なことがありました。互いの家や娘の家に集まって、おしゃべりを楽しみつつ腕を磨いていたのです。そこにいるみんなに共通していたことは、毎日繕い物をしなくてはならないということでした。靴下やセーターはすべて手編みでしたし、子どもたちはいつも野原で遊んでいたので、イバラのとげも手伝って、セーターのひじの部分や靴下のつま先とかかとの部分に、常に穴が開いていました。私は今も繕い物をするのが大好きです。繕うという作業には気持ちを落ち着かせる効果があると思うのです。針に糸を通して縫っていき、ついに穴をふさぐところまで行きつくという作業に、この上ない心地よさを覚えます。

母とナナは、毎晩何時間も繕い物をしていました。あの頃は、家事もきつい肉体労働でしたし、ふたりは農場でも仕事をしていました。もしかしたらふたりも、繕うという行為で心が安らかになり、癒されると感じていたのかもしれません。いま私も気掛かりなことがたくさんありますが、繕い物をすると魂がなだめられるように感じます。昔のナナたちは、縫い物、編み物、キルティング、パッチワークやレース編みの腕を磨きました。そういうものは、家の雑事をせっせとこなすナナたちに、忙しい一日の終わりに、思いがけない幸せな時間を与えてくれていたのです。瞑想をしたときのように、心が安らぐ時間をもたらしていたのです。

2　奥山のナナ

一九五八年にナナ・バリドゥエインが齢《よわい》九十八で亡くなったとき、私は二十歳でした。だから、私の人生の初めの二十年は、ナナの人生の最後の二十年と重なります。一八六〇年に生まれたナナは、ジャガイモ飢饉後に生まれた最初の世代でした。つまり、まだアイルランドが、過去に経験したひどい飢えから完全には立ち直っていない頃に生まれたということです。恐ろしい体験をして精神的苦痛を受けた親に育てられると、子どもに何か影響があるでしょうか。それは想像するしかありません。

私の記憶の中のナナは、決してあなどってはならない豪然たる存在で、亡くなるその日まで、背筋をすっと伸ばして立ち、威圧感を与える人物でした。正直なところ、私にはちょっとこわい存在だったのです。というのも、台所の暖炉脇の椅子に腰かけたまま、自分に従わない者などいるはずがないという態度で、あれこれ指図をしてきたからです。私はナナの指図に忠実に従い、期待に応えるようにしていました。突き刺すような鋭い目つきで見つめられると、求められた通りに体が動いてしまうのでした。一方で私の母はのんびりとした性格でした。だから母の前では、しなくてはならないことを後回しにしたり、さぼったりしたものでした。でも、ナナの前ではそうはいきません。何ごとであれ、逃れることはできないのです。それに残念ながら、ナナは私をあまり役に立たない子とみなしていました。映画スターに熱を上げ、ロマンス小説に読みふけっていたからです。まったくの時間の無駄で正気の沙汰ではない、ナナはそう考えていたのでした。学校が休みになると私は少々奥まった地にあるナナの家に行かされましたが、するとナナは私を、働き者で役に立つ、まともな人間にしようとしました。そんな具合に、ナナと私はまったく正反対の考え方をしていたのでした。

それでも、休みの日にナナの家に行くと、ひとつだけとても嬉しいことがありました。ナナの家には、クラッカーが入っている大きなブリキ缶があったのです。ナナの寝室の、ドアに近いテーブルの上に置いてありました。私はナナが作るクラッカーが大好きでした。それにうちでは、そんなぜいたくはさせてもらえませんでした。ときどきこっそりと寝室に入り、何枚かくすねて食べたものでした。ナナには厳しくしごかれているのだから、このくらい食べたって罰は当たらない、そう思ったのです。絶対的に強い立場のナナとの関係で、まるでバランスを取るかのようにクラッカーをちょろまかすことには、もちろん罪悪感もありました。でもナナは、何も言いませんでした。もしかしたら、そうやって私がバランスを取るのももっともだと思っていたのかもしれません。

ナナの寝室はもとは客間で、奥の壁ぎわには大きな食器棚が置かれ、別の壁側には立派な大理石の暖炉がありました。壁はすべて、深い青色に塗られていました。いつしかナナはこの客間を自分の居場所としたのでしょう。この部屋の、深い青色の壁やどっしりとした暖炉、四隅に円柱が立ち、てっぺんに真鍮の丸い飾りがついた鉄製の黒い大きなベッドは、ナナの人となりを映し出していました。暗くて、深くて、手ごわくて、威圧感のあるその部屋は、何やらナナそのものを表わしているように思えたものでした。ナナには、かわいらしいピンク色の部屋はまったく似合いませんでした。私は、ハリウッドのゴシップ雑誌によく出てくる、その手の部屋が大好きだったのですが。

私は歳を重ねるにつれ、ナナのことをよく知るようになり、ナナが矛盾のかたまりのような複雑な人間だったことに気づきました。あまりにもいろいろな側面があり、ばらばらに異なる性質をうまくまとめてナナ・バリドゥエインの人物像を完成させるのはこの上なく難しいことでした。鋼のように意志が強く高圧的で、浅はかなふるまいを決して赦さない女性だと思っていたナナが、結婚すると古くから続く農家で義理の両親と弟と同居したのです。おまけに義弟は、結婚して子どもが二人できても、自分の家を買うまで実家に住んでいたといいます。これは（少なくとも、私にとっては）まったく説明できないことでした。そして意外にも、義理の両親と弟は、ナナを高く評価したのでした。複雑に入り組んだ家族の関係を、うまくまとめて機能させることのできる仲裁役だったというのです。

ナナが賢い有能な女性であり、ジャガイモ飢饉後に子ども時代を送ったことで、手に入るあらゆるものを効果的に使う方法を身につけていたことが、きっと役に立ったのでしょう。ナナはニワトリ、アヒル、豚の世話をし、台所の戸棚には食糧が十分にあるよう気を配り、家族や親戚においしい食事をたっぷりと食べさせていたのでした。あるとき親戚に不幸があって夫の甥が孤児になると、その甥を家族に迎え、息子同然に育てました。口数は少ないけれど、行動で示す女性でした。つまり、お上手は言わないけれど、困っている人には手を差し伸べたのです。家族のひとりが、いみじくもこう言ったことがあります。「他《た》におもねることをせずとも、援助は惜しまない」。親戚はみな、ナナを「奥さん」と呼んでいましたが、私にはナナ・バリドゥエインでした。様々な性格の女性がナナの中に何人も同居していたのではないか、私はそう思っています。

大家族が当たり前だった時代に、ナナが産んだ子どもは三人だけでした。当時の子どもの数としては、大変少ない人数です。出産できる時間があまりない年齢で結婚したからだ、本人はそう言っていました。でも、すでに成熟した年齢で、代々続いてきた一族の一員となったことが、一族の複雑な人間関係の荒波をうまく乗りこなすことができた理由かもしれません。ナナは信念を曲げない女性でしたが、どういうわけか、親族のいざこざにうまく対処するしなやかさを持ち合わせていたのです。

ナナはまた、別のもめごとにも対処しようとしていました。二〇二二年の今年、アイルランドの人々は百年前のできごとに思いを馳せています。政治的な紛争ですが、それが内戦に発展しました。英愛条約*の賛否を問う投票が行われた、あの歴史に残る晩、下院の女性議員七人が反対票を投じていました。先日、その晩のできごとを再現したテレビ番組を見ていて、ナナ・バリドゥエインの記憶がまざまざとよみがえってきました。ナナならば、女性議員たちと共に反対票を投じたことでしょう。政治に対する意識がとても高く、しかも内戦の時代を生きてきたのです。ナナなら妥協せず、とことん反対したことでしょう。何年もたった後、ナナは暖炉脇の椅子に腰掛けて、エドワード・カーソンやウィリアム・クレイグなどの北アイルランドの指導者、後にはバジル・ブルックバラ子爵についての記事を読んでいました。ナナの両耳から怒りの蒸気が立ちのぼるのが見えるほど、ひどく腹を立てているのがわかりました。もしナナが、フランス革命で戦った女性たちのようにチャンスを与えられたら、北アイルランドとの国境まで這ってでも進んで行き、その男たちの首をはねたことでしょう。

＊ イギリスがアイルランドに自由国の成立を承認し、一九二一年に調印された条約。この条約をめぐって、北アイルランドの分離を認めるか否かなどで、賛成派と反対派の間で内戦が起こった。

内戦に先立つ争いのあいだ、ナナの家は、イギリス軍から逃れようとするアイルランド共和軍の若いメンバーの避難所になっていました。だから、夜中にイギリス軍が突然現れて、家の中を捜索していくこともあったのです。のちにはブラック・アンド・タンズと呼ばれる警察隊にも調べられました。残虐な違法行為を行い、何をするかわからない悪名高い組織です。ナナの家を何度も訪れていた隊員が何人かいましたが、ナナはどの隊員とも打ち解けることはありませんでした。ある晩、警察隊がナナの家の中を捜索に来たとき、ひとりのイギリス人隊員がナナに言いました。「あんたを見ると、おっかあを思い出すよ」。するとナナは言い返したのでした。「息子がこんなならず者だ。おっかさんはたいした人間じゃないね」。イギリス人がアイルランドから出ていくとしたら、ひとり残らず完全に出て行かなければ、ナナは納得しなかったでしょう。英愛条約には絶対反対だったのですから。

二人の娘のうち一人（私の母）が、なんと英愛条約に賛成する男性と結婚したときには、どこでどう間違ったのかと悩んだに違いありません。ナナがわが家を訪れている間は「独立戦争の話題は厳禁」とされました。でも、ナナ・バリドゥエインの娘である私の母は、ナナとは正反対の性格でした。おおらかで優しくて辛抱強く、人はみな善人だと信じていました。これは、自分の母（ナナ）も夫も、決して受け入れることのない信条でした。

ナナは、晩年になってもいかめしい姿のままでしたが、ときどき「ああ、もうたくさん」と言い放ち、寝込んでしまうことがありました。自分はもうだめだ、そう決めつけてしまうのです。地元の医師と司祭を呼びつけると、ふたりとも、本当はナナに悪いところなどないと知りつつ、律儀にやって来ました。利口なふたりは、心の中で思っていることをおくびにも出さず、ナナの機嫌を取りました。ナナにそんな健康上の危機が訪れたとき、学校が休みだった私が居合わせたことがありました。このちょっとした騒ぎを、私は大いに楽しんだものです。「神父様用の台」と呼んでいたものを出してくることは、ドラマの見せ場が今にも始まろうとしていて、そのための舞台装置をセットしているように思えたものでした。それに比べて、医師が来てもワクワクする要素は何もありませんでした。必要な物はすべて、茶色い革の鞄に入れて持ってきたからです。ただ、司祭と違っていたのは、先生は医療品のにおいがするという点で、台所とナナの寝室に少々風変わりなにおいをもたらし、先生が去った後も、家の中には消毒のにおいが残っていました。医師が到着しても、私が手伝いをすることは何ひとつありませんでしたが、司祭の場合は正反対で、そろえなくてはならないものがたくさんあり、それが無限の可能性を秘めているように思えたものでした。なんといっても、瀕死のナナをよみがえらせようというのです。奇跡を起こすというのです。ナナの枕元に立って、必ずや復活の瞬間を見届けよう、私はそう決意していました。

ナナの家に小さな藤製の台があり、普段は部屋の隅にしまい込んでありました。その上のがらくたを片付けて、ナナのベッド脇という表舞台に引っ張り出し、レースで縁取りした真っ白なテーブルクロスで覆いました。それが、目の前で何か偉大なことが繰り広げられる前兆に思えたものでした。毎年、うちでは五月祭*に祭壇をしつらえていましたが、それと同じくらい楽しいことのように思えたのです。ナナの部屋には十字架と聖水も持ち込みました。

私は部屋にある聖像をすべて集めて近くに持ってこようとしましたが、その案は母に却下されてしまいました。ナナの具合が悪くなると、母も実家に呼びつけられましたが、いつもの空騒ぎに過ぎないと、母にはよくわかっていたようでした。

＊ アイルランドで夏の始まりとされている五月一日に行う祭り。また、カトリック教会では、五月を「聖母月」としている。聖母マリアを称えるために特別な祭壇を設置することがある。

さていよいよクライマックスを迎えます！　マントルピースの上から真鍮の長いろうそく立てを持ってきてさっと磨いてから、教区で宣教師を受け入れたときに使って保管しておいた神聖なろうそくを、サイドボードの引き出しの奥から引っ張り出してきて、ろうそく立てに立てました。私は、そのちょっと黄ばんだ長いろうそくに、火をともしたくてたまりませんでした。輝くろうそくは、日曜日のミサで行われる儀式を思い起こさせたからです。私はいつもその儀式にうっとりと見入っていたのです。けれども母はその望みをしりぞけ、代わりに玄関で待機して小道を見張り、司祭の車が見えたら知らせる係を命じたのです。その合図で、司祭がナナの寝室に到着する前に、母がろうそくに火をともすというわけです。私が持ち場にとどまって、あてがわれた仕事をしていれば、母の邪魔をすることもありません。車のエンジン音が聞こえるやいなや、私は寝室へすっ飛んでいき、もうすぐいらっしゃるわよと告げました。私は間近から一部始終を見届けたいと思ったのです。

ところが、黒い司祭服をなびかせて現れた司祭がナナの寝室へと案内されると、悔しいことに私はすげなく追い出されたのでした。これから始まると固く信じていた刺激的な儀式を見せてもらえなかったのです。しっかりと閉じられた寝室のドアに耳をあてていましたが、ぼそぼそと何やら話す声が聞こえてくるだけでした。しまった、ナナのベッドの下に隠れていればよかった、そのときになって私は後悔しました。ベッドの下なら、すべて聞こえたでしょうから。でも魅惑的なその考えはすぐに頭から振り払いました。そんなずるいふるまいが母に見つかったらどうなるか、考えただけで恐ろしくなったからです。ベッドの下にいるところが見つかったら、最期のときを迎えるのは、ナナではなく私になったかもしれませんからね。

二日後、人生から退場することなく、ナナは暖炉脇の椅子に戻りました。私の手伝いも終わりです。ナナがほんの少しの間、家庭と農場を切り盛りするのを休み、わが国の行く末を案じるのをやめていたということは、やがてすっかり忘れられました。何十年もの間、ナナは政治に対する興味を（国際政治も、アイルランドの国政も、地元のまつりごとでさえも）持ち続けていました。亡くなる前日まで、毎日欠かさず何時間も新聞を読んでいて、何でも知っていました。家には常に友人知人や親戚がいて、ナナは国の現状についてその人たちと議論を戦わせていました。自分と同じ政治的な信条を持つ者がいると、話はとめどなく続いていきました。生涯にわたり、ナナの考えが変わることはありませんでした。

3　ナナのパンツ

私たちはみな、いずれ母親に似てくる。そう言ったのは、オスカー・ワイルド*でした。いま私が鏡をのぞき込むと、向こうから母がこちらを見ているので、ワイルドの言葉はもっともだなと思います。でも、さらに長い時間がたつと、私たちが祖母に似てくるということは、ワイルドも教えてはくれませんでした！　今朝、私は老人用の毛糸のパンツをはじめてはきました。私がその道を突き進んでいることは間違いありません。でもね、気温が氷点下になると、流行を取り入れていると見せたい気持ちはしぼんでしまうのです。その代わり、いつも心地よく暖かい状態でいることがいちばん大事、という気持ちになります。だから私は、パンツ道《どう》を邁進《まいしん》します！

＊　一八五四〜一九〇〇。アイルランド出身の詩人、劇作家、小説家。作品に戯曲『サロメ』、童話集『幸福な王子』、小説『ドリアン・グレーの肖像』などがある。機知に富んだ名言を数多く残した。

あるとき私は、姿見に映った自分の姿を見て、立ち止まってしまいました。寝室ではだらしない格好をしていても、誰にもとがめられないので、鏡を置く場所をよく考えて、部屋から出る前に姿が映るようにして、厳しい目で自分を見つめることにしていたのです。はっとしました。その瞬間、私は何十年も前のナナの寝室に戻っていました。夜、ナナが服を脱ぐ様子を思い出したのです。今の世代は、服を着るのも脱ぐのも大急ぎで行いますよね。でもナナの世代は、気の向くままにゆっくりと着替えをしていたのです。老人用のパンツをはいたことで、私も「優雅な脱衣組」の仲間入りをするのかもしれません。ナナが服を脱ぐ様子は、毎晩繰り返される儀式のように感動的でした。幼い私は、ひとりきりの観客として、何度かその場に立ち会ったのでした。

身長一八二センチのナナがすっと立つ姿は、長い年月が過ぎても、前かがみになることはありませんでした。何枚も重ねて着込んだ服を脱ぐ姿は、シャルル・ド・ゴール*やエイモン・デ・ヴァレラ*が、優雅に服を脱いでいるようでした。実際ナナは、この二人を崇拝していましたし、体格も似ていたのです。

* 一八九〇〜一九七〇。フランスの政治家、軍人。エイモン・デ・ヴァレラ（一八八二〜一九七五）は、アイルランドの政治家でアイルランド共和国第三代大統領。アイルランド内戦時は英愛条約反対派の中心人物だった。

ナナは、はじめにかぶりものを外しました。あの頃、女性に人気があったかぶりもので、子どもたちが「ピクシー」と呼んでいた毛糸のボンネットです。頭の形に合わせて編んであり、ひもが二本付いていて、あごの下で結んで固定されていました。布製なら「ボンネット」ですが、毛糸で編んだものは「ピクシー」と呼ばれていたのです。おそらく、妖精の世界の住人ピクシーが身につけているかぶりものに似ていたからでしょう。当時の人々は、妖精の世界は存在すると信じていましたから。みんな様々な色の毛糸でピクシーを編んでいましたが、ナナのものはどれも真っ黒でした。ナナがピクシーを外すのは、寝支度をするため、みんなの前から姿を消してからでした。家の中でも庭でも、暖炉脇の椅子に腰かけているときも、ピクシーがナナの頭から離れることはありませんでした。ナナが寝る準備に入ると、ピクシーはあごの下の結び目を丁寧にほどかれ頭の上からはずされて、ベッドの支柱のてっぺんについている、丸い真鍮の飾りの上に乗せられます。ピクシーはダンスをしているように支柱の上でゆらゆら揺れてから、そこに落ち着き、真っ黒な鉄の支柱に沿って二本のひもがだらりとぶら下がりました。ナナは次に、肩にまとっていた黒いケープをはずしました。毛糸のケープかクロッシェレースのケープのどちらかでしたが、どちらも厚みのある二層構造で、ふちにはフリルが付いていて、羽織ると暖かく感じられるものでした。肩からはずされたケープは、ベッド脇にある、座面が革製の肘掛け椅子の背に掛けられました。それからナナは背中に手を伸ばし、真っ黒な長い前掛けのひもをほどきます。するりとはずれた前掛けを丁寧にたたみ、椅子の座面に置きました。すべての動きがゆっくりと、驚くほど規則正しく、そして慎重に行われていきました。

それからナナは、牧草地と農場全体を見渡すことができる窓辺に行きました。歩きながら、黒いサテンのブラウスのボタンをはずしていました。ブラウスの正面には小さなくるみボタンが二列に並んでいて、慣れた指先がボタンをひとつひとつ上から下へ、ゆっくりとはずしていくのです。そのあいだ視線は窓の外に向けられていて、牧草地の状態を眺めてひとりごとを言い、夜空を確認して次の日の天気を予想しました。ときに、月の大きさや形を口にすることもありました。夜空の月の動きは天候に影響を与えるだけでなく、私たちの精神の安定にも働きを及ぼし、気分を左右すると考えていたのです。

そこまで脱衣が進んだところで、もしまだその日、柱時計のねじを巻いていなければ、着替えの儀式をひと休みして、寝室のドアと大きな暖炉の間の壁に掛けられた柱時計のねじを巻きました。また、時計のすぐ脇には、広い壁に沿って埋め込まれるように作り付けた小さな食器棚がありました。これは薬を置くための棚で、黒や緑の薄気味悪い小瓶がたくさん並び、中には薬草のエキスが入っているのでした。その中に、「カスカラ」という、見るからに毒々しい調合物がありました。飲んだら間違いなく死に至る、私にはそう思えましたが、ナナにとっては不老不死の薬なのでした。実のところ、ナナは正しかったのかもしれません。「カスカラ」には大腸を浄化する効能があると考えられていたからです。ナナが柱時計の鎖を下に引くと、ヒューヒューと音を立てて重りが引き上げられていきました。これでナナの思い通りに、真鍮の振り子がリズムを刻むように行ったり来たりし続けるようになります。

ナナは窓辺に戻り、ゆっくりとブラウスを脱ぎ、椅子の背に掛けたケープの上に置きました。次に、長い真っ黒なスカートのウエストのボタンをはずすと、スカートがするりと床に落ちました。ナナはスカートをまたいで出てから拾い上げ、丁寧にプリーツを直してから、座面に置いた前掛けの上に乗せました。さてナナは、たっぷりとした真っ白な長袖のシュミーズとギャザーを寄せた真っ赤なペチコートというあでやかな姿になりました。ナナは灰色のペチコートも持っていたので、スカートの下から現れたペチコートが灰色だったとき、私は大いに落胆したものでした。真っ赤なペチコートが、着替えの儀式の見せ場だったからです。それで、赤いペチコートが、真っ黒なさえない服の層の下に隠れていることが、残念でなりませんでした。けれどもナナにとっては、華やかな格好でいるより、暖かくて使い勝手が良いことが大事でした。そのペチコートが、滑り落ちて足首の周りに輪を描きました。ナナはまたいで輪の中から出ると、椅子に置いたスカートの上にペチコートを乗せました。

さて、ようやく毛糸のパンツが現れました。ナナは紺色からピンク色まで、実にいろいろな色彩のパンツを持っていました。でも感動的なのは、パンツの色だけでなく、そのゆったりと伸びやかな様子でした。胸元から下に向かって流れるように広がり、膝のすぐ上で、黒く長い靴下の中にたくし込まれていたのです。ナナが両膝の上でパンツの裾をゆっくりとめくり上げると、クジラのひげでできたコルセットと靴下をつなぐサスペンダーがパチンとはずれ、コルセットもゆるみました。コルセットには片足に三つずつ（後ろに二つ、前にひとつ）、サスペンダーが付いていました。ナナは、めくっていたパンツの裾を片側だけもとに戻し、コルセットのそちら側の脇のフックをひとつひとつはずしていきます。フックがはずれるとき、パチン、パチンと大きな音がしました。音はたいへん快い調子で響き、私は毎度夢中になってフックがはずれる音を数えたものでした。そして最後の音と同時に、クジラのひげでできたコルセットをナナがはずす華々しいフィナーレを楽しんだものです。はずされたコルセットはベッドの脚に当たり、クジラのひげと金属とがガシャンとぶつかるクライマックスの瞬間を迎えました。それからコルセットは、サスペンダーのひもをゆらゆら揺らしながら、椅子の赤いペチコートの上に落ち着きました。私には、これがグランドフィナーレだったのです。コルセットは一九六〇年代まで（昔とは違い、改良されたものでしたが）下着として着用されていました。もちろん、農家の女性も身につけていたのです。

次にナナはベッドに腰かけ、黒いロングブーツの紐をおもむろにほどき、脱いだブーツを椅子の下に置きました。それから黒く長いウールの靴下を巻きながら下ろしていきました。そうしたあと、シュミーズを引き上げて頭から脱ぐと、黄色い胴着《ボディス》姿になりました。着替えの儀式の最終段階は、私に見えないところで行われました。ナナは、大きな衣装ダンスの、開いた戸の向こう側に姿を隠してしまうのです。再び現れたときには、全身を白く長い寝巻に覆われた姿になっていました。ナナの髪は、大きなヘアピンをいくつも使って固くきちんとまとめられていましたが、それがほどかれ、両肩の上に垂れ下がっていました。堂々として厳格で気難しい老婆が、頼りなげなほっそりした姿に変わっていました。ナナは、自分が眠る方の羽毛布団を折り返してから、ゆっくりと時間をかけてその下に入りました。そして、羽毛の枕を重ねて山を作ると、そこに寄りかかるように上体を起こして坐りました。同じベッドの中だというのに、ナナと私は標高が異なる地点にいるようでした。枕の山に体を預けたナナは、私よりずっと高い位置にいたからです。

さて今度は、とても大切な儀式、つまり、夜のお祈りが始まります。ナナはまず、四人の福音書記者*に呼びかけました。

＊『新約聖書』中の四つの「福音書」（キリストの一生と教訓を記したもの）を執筆した、マタイ、マルコ、ルカ、ヨハネのこと。

マタイ、マルコ、ルカ、ヨハネ
私が横たわる寝床を祝福してください
目覚める前に私が死んだら
主に魂を捧げます

四人の福音書記者に夜の勤務をお願いし、次に私たちはナザレの聖母マリア様とご家族を訪問し、お元気かどうかを確認しました。これは、短時間の表敬訪問ではありませんでした。ロザリオの祈り*で一連を唱えるたび、ナナはその一連の内容に合わせて、いくつもお願いごとをしたのです。それでも、ナナのロザリオの祈りは、長い一日が終わった後で心を落ち着けてくれる呪文のように聞こえました。何度も繰り返され、絶え間なく続いていく祈りの言葉を聞いているうちに、私は夢の中へといざなわれてしまうのでした。けれども、お祈りの最中に眠ってしまうなんて、ナナが許すはずがありません。声の調子から私がうとうとしているようだと判断すると、ナナは脇腹を突いてきました。そうして私は現実に引き戻されるのでした。

＊ カトリック教会における伝統的な祈り。イエス・キリストの生涯の主なできごとを黙想していく。一連は、主の祈り一回、アヴェ・マリアの祈り十回、栄唱一回からなる。

ロザリオの祈りが終わっても、ナナはまだ、お祈りを終わらせようとはしませんでした。他のいろいろなお祈りを、私に教えようとしたのです。その中には、長くてとりとめのない「守護の天使への祈り」もありました。私のおつむにこのお祈りが刻まれるのに何週間もかかりましたが、「いったん覚えたら、生涯忘れないよ」ナナはそう言い切りました。

私を守る　天のみ使いよ

なんと愛情深いのでしょう
天のあなたの家を離れ
罪深い私を　見守ってくださる
あなたの顔は　美しく輝き
身近におられても　私には見えません
優しい声の甘い響きも
私の耳には　聞こえないのです
やんわりと軽やかに　手に触れてくださるのに
私は何も感じません
まだ幼い私を
母親のように守ってくださった
心の中であなたを感じます
私のために　罪と戦っておられる
私の心が神を愛するとき
その優しさは　あなたが与えてくださったもの
天のみ使いよ　私はひざまずき
朝も夜も　祈りを捧げます

私の心の中の何かが
あなたがそこにおられると教えてくれます
私が祈ると　あなたも祈りを捧げてくださる
私のために祈ってくださり
私が眠っても　あなたは眠らず
私をじっと見守ってくださる

しばらく時間がかかったのですが、ついに、このお祈りを全部覚えることができました。そして、驚くべきことに、あれから何十年もの月日が流れているというのに、今も覚えているのです。ナナという存在は、孫たちの頭の中に、生涯消えることのない印《しるし》を刻み込むことができるのです。

4　あの頃と今

嬉しいことに、孫と接していると、心の中の記憶の扉がパタンと開き、長いあいだ忘れていた、遠い昔の子どもの頃の光景を思い出すことがあります。つい先日、そういうことがありました。実に楽しいできごとでした。

毎週木曜日の夕方、私は九歳の孫娘エリーをバレエのレッスンに連れていきます。ええもちろん、私が育った環境は、バレエとはかけ離れていました。それでも幼い頃から、私はバレエの世界に夢中になっていたのです。きっかけは、マーゴ・フォンテイン*がつま先立ちでクルクル回る写真が掲載された雑誌が、何かの運命のいたずらで、片田舎のうちの農場にたどりついたことでした。私たちが、ずっしりと重い革製の編み上げロングブーツをはいて、ぬかるんだ野原をとぼとぼ歩いて学校に通っていた頃の話です。おそらくあの雑誌は、外国に移住した親戚が里帰りしたときに持ってきてくれたのだと思います。もしくは、映画俳優やロイヤルファミリーに熱を上げていた私が、ジャガイモ掘りの手伝いでようやく貯めたお金を手に、地元の雑貨屋で求めたものかもしれません。

＊　一九一九〜九一。イギリスのバレエダンサー。母方の祖母がアイルランド人。

当時人気のあったマーゴが、信じがたいほど美しいポーズで体を回転させているあの写真を見て、私はニットの長い寝巻きに裸足という姿で、すきま風が吹き込む寝室の床でマーゴのようにクルクル回ってみたり、ベッドの支柱の上に足の親指を乗せて、足がつりそうになったりしていたのでした。体の柔軟性が高まれば、女王陛下のような美しい歩き方ができる、あの頃はそう思っていたのです。今ではバレエが身近なものになっていて、私の住む村の教区ホールでも、地元のある若い女性が子どもたちに指導をしています。「ミス・サラ」と呼ばれるその女性は、優雅ではあっても爪先がつるのではないかと思える様々なポーズを、子どもたちにさせています。

バレエのレッスンの送り迎えをする間、私はエリーといろいろなことについて長々とおしゃべりをしています。クリスマス前のある木曜日の夕方、エリーは期待で胸をふくらませていました。毎年その季節になると、村の一角に大きなクリスマスツリーが立てられます。その場所に近づくと、間近に迫ったクリスマスに対する期待があふれ出てきたのです。ツリーが立つ予定の場所でエリーは跳ね回って喜び、私に、矢継ぎ早に質問を浴びせかけてきました。

「ねえナナ、村の大きなクリスマスツリーはいつ立つの？」

「ナナのおうちのツリーはいつ買いに行く?」

「ナナ、うちのツリーを買いに行くとき、一緒に来てくれる?」

「ねえナナ、イエス様の馬小屋の飾り*が教会の前に飾られるのはいつ?」

＊　イエス・キリストの生誕場面を再現する人形飾り。アイルランドでは、クリスマスになると多くの教会に置かれる。これを自宅に飾るカトリック信徒もいる。

息継ぎのため、エリーがしゃべるのをやめたとき、私はようやく答えを差しはさむことができました。まもなく来るクリスマスを待つエリーのワクワクした気持ちが、私にもうつったようでした。ふと、ある賢い友人の言葉が頭に浮かびました。「年寄りは、若い人と一緒にいるといい」。エリーの興奮した気持ちは、私を間違いなく元気にしてくれました。

　次の朝、深い眠りからゆっくりと目覚め、ぼうっとしていた私は、クリスマスを待ち焦がれるエリーの興奮の余韻が、自分の中にまだ残っていることに気づきました。朝早く目覚めてまだ夢うつつの状態のとき、心の中に不思議なイメージが浮かんでくるということはありませんか。あの朝、私の心の中には、長い間忘れていた、赤と緑のふたつのおもちゃの馬が漂っていました。遠い昔のクリスマス・イブのことで、私は六歳でした。小さな木彫りの馬をふたつもらったのです。ひとつは赤で、もうひとつは緑色でした。あの頃は、クリスマスにプレゼントを贈り合うことなど、ほとんど行われていませんでした。だからそれは、思いもよらない贈り物だったのです。その年の十一月に、弟が四歳で亡くなっていたので、私をなぐさめるためだったのかもしれません。親切なその隣人は、クリスマスに小さな木彫りの馬が私の心を癒し、悲しみを取り除いてくれるようにと願ったのでしょう。その人は私の代母*でした。彼女が自分の兄に頼んで馬を彫ってもらったのか、あるいは手先が器用な別の隣人に頼んで、色を塗るところまでしてもらったのか、私にはわかりません。けれどもクリスマスの間、私はそのおもちゃで何時間も遊び、慰められたのでした。あれから長い年月が過ぎましたが、今も感謝しています。優しく心の広い隣人たちが、あのような行為をしてくれた、その親切な心遣いが本当にありがたかったのです。当時の農場では、馬は暮らしの一部でした。私はうちの二頭の馬の名を取って、小さな木彫りの馬をパディとジェイムズと名づけました。私はこの二頭と一緒に外に出ました。二頭は私の指図通りに畑を耕したり、干し草の刈り取りをしたりして、私をいつまでも楽しませてくれたのです。

＊カトリック教会で、生まれた子どもの洗礼に立ち会い、その後の信仰生活の手助けをする女性。ゴッドマザー。

エリーが楽しそうにおしゃべりしている様子を見て、長い間すっかり忘れていた、親切な隣人の記憶がよみがえったのでした。そのまた次の日の朝、ベッドで夢うつつの状態で、私は決心しました。少し時間をかけて、記憶をさかのぼってみよう。親切にしてもらったのに忘れていることが、他にもあるかもしれない。そうして、ケイティ・マークを思い出したのでした。

わが家とナナの家をつなぐ道の途中に、ケイティィの家がありました。ナナと同年代の女性です。その人は、ケイティィ・マークと呼ばれていました。夫がマークという名前だから、そう呼ばれていたのでしょう。ふたりにはジョニー・マークと呼ばれる息子がいました。ケイティはいつもジョニーのことを心配していました。ジョニーはアメリカ空軍の隊員だったからです。ケイティはジョニーが敵機に撃ち落とされるのではないかと心配していたのです。だからケイティは、近所の子どもたちみんなに祈らせていたのでした。「ジョニー・マークが無事に帰ってきますように」と。

ナナの家に行く途中で、私はケイティィに会いに行くのを楽しみにしていました。優しく親切な老婦人でしたし、私のナナは、ケイティィとは似ても似つかぬ性格でしたから、「ナナは本来こうでなくちゃ」と思っていました。ちょっとおしゃべりした後、ケイティィ・マークはいつも私に尋ねました。「ジョニー・マークの無事を祈ってくれているかい?」。ええ、もちろんです。夜になると私はベッド脇にひざまずき、ジョニー・マークの無事を祈って天使祝詞を三回繰り返していました。実は、忘れることもままあったのですが。

でもあの頃、ケイティィが私に親切にしてくれていたので、遠方に住む彼女の息子のため、私は真剣にお祈りをしたのです。ケイティィの家はアラジンの洞窟のようにこまごました不思議な物でいっぱいでした。家は、ケイティィの人となりを映し出しているのでした。あの当時、多くの女性はナナ・バリドゥエインのように黒い長い服装をしていましたが、ケイティィは違いました。白やクリーム色、あるいはライトグレイの服を身につけ、白髪を大雑把にまとめ、頭のてっぺんに留めていて、髪はひっきりなしにほどけて落ち、だらしなく伸びた生垣のように顔の周りにぶらさがっていました。ナナも同じように髪をまとめて頭のてっぺんにおだんごを作っていましたが、その周りに大きく恐ろしげなヘアピンをぐるりと刺してきっちりと留めていました。だから、髪がほどけることはありませんでした。私のナナも他のナナたちもみな、この髪型を「クック」と呼んでいました。おそらくこれはゲール語で丘を意味する「クノック」から来ています。確かに、丘みたいな形をしていましたから。けれどもケイティの髪型はもしゃもしゃの茂みようでした。でもそれは、ケイティの人柄とぴったり一致していたのです。

ケイティの家のこまごました物の中には、うっとりするような素敵な物がたくさんありました。たぶん、息子や夫がいろいろな国から持ち帰った物だったのでしょう。ケイティの夫は、風変わりな理由で、アメリカで仕事をしていましたが、それはあの頃の子どもにとって、いかにも珍しく謎めいたことでした。「アメリカに行く」とは「月に行く」とほとんど同じ意味だったのです。ケイティはあらゆる点で普通とは違っていましたし、彼女の家も一風変わっていて物珍しい品々がぎっしり詰まっていました。私は暖炉脇に腰かけると、部屋のあちこちに視線を巡らせ、そんな品々を眺めていたのでした。中でも私の視線は、いつもある物に惹きつけられました。台所の窓の上の棚に、ミニチュアの食器棚が飾られていたのです。本物のように良くできていました。前面にならぶ真鍮のフックのひとつひとつに小さなカップがぶら下がっているし、下の部分には真鍮の取っ手がついた小さな両開きの扉があります。ケイティの家を訪れるたび、私の目はその食器棚に釘付けになっていました。手で触れたことはありませんでしたが、心の中ではその食器棚で遊んでいる自分を想像していました。

ケイティの家に立ち寄ると、子どもでも大人でも、お茶かコーヒーかココアを飲ませてもらえました。特に、ケイティがいれるココアは、他とは比べものにならないほどおいしいのです。きれいな茶色をしていて、あつあつでほかほか、クリーミーに泡立っていて、砂糖がたっぷり入っていました。ある日の夕方、私がこの素晴らしくおいしい飲み物をすすっていると、ケイティが窓の上の棚に手を伸ばし、ミニチュアの食器棚を手に取りました。私ははっと息をのみました。いよいよ遊ばせてもらえると思ったのです。けれども、もっとずっと素敵なことが起ころうとしていたのでした。小さな食器棚を私に手渡すと、ケイティが言いました。「あなたにあげるから、おうちに持ってかえってね」。私はあまりの嬉しさに、言葉を発することができませんでした。それ以来、毎晩忘れることなく寝る前にひざまずき、ジョニー・マークの無事を祈ったことは言うまでもありません。

ケイティには娘も孫娘もいませんでした。だからあの小さな食器棚は、自分が子どもの頃遊んでいたものだったのだと思います。台所の、すぐ目に入る場所に置かれていたので、きっと大切にしていたのでしょう。それを私にプレゼントしてくれるなんて、なんと寛大な行為でしょう。この親切なふるまいによって、私たちは年齢差を越えて心を通わせることができたのでした。このことは、決して忘れません。

昔は、ほうろうの容器や調理器具、
それに石炭酸石鹸がよく使われていました。

両親の結婚式の写真

上：私の実家。当時の典型的な農家です。
右ページ：母がナナだった頃。

バターかく乳器を使ってクリームをかくはんし、バターを作りました。たいていの農家にはかく乳器があり、バターを手作りしていました。

ロザリオの数珠は、毎晩お祈りを捧げるとき、
それに、お通夜や葬儀の際に使われました。

大ぶりのこんなティーポットが、巡回ミサや脱穀の作業をするとき、また、家族や親戚が集まるときに活躍しました。数軒の家庭がひとつのティーポットを共同で使うこともありました。

洗濯機が登場する前は、ブリキの洗濯桶が使われていました。桶の中で汚れた衣類に石炭酸石鹸をこすりつけて泡立て、洗濯板に押し付けてごしごしと洗ったのです。板の上部には、石鹸をはめる溝がありました。

第二章　私の母の世代

5　ああ、孫娘はありがたい

私の母は結婚して家を出ましたが、自宅から東へ数マイル離れた場所にある、テイラー家の農場へ移っただけでした。そこに落ち着いた母は、訪ねてくる人々を温かく受け入れました。テイラー家の祖母もナナ・バリドゥエインも、そうしていたからです。

私が育った地域では、長きにわたり若者がコーブの港からイギリスへ向かうイニシュファレン船*で出ていきました。そしてのちに、世界のあちこちへと散らばっていったのです。その結果、何十年もたってから、海外へ移住した者やその子孫が続々と故郷に戻って来るようになりました。

＊　一八九六年から一九六九年まで、イギリスとアイルランドとの間を航行していた五艘の船。魚雷の攻撃を受けて沈没したり、機雷に触れて火災を起こしたり、外国の船会社に

売却されたりした。

海外から親戚が訪れたら心を込めて歓待するのが、うちの流儀でした。母は、実家のオキーフ家の親戚をもてなすのと同じくらい快く親切に、テイラー家の親戚を迎え入れました。父よりずっとテイラー家の一族のことに詳しかったほどです。母は娘を五人産んだので、のちに私たち姉妹は、みんなでいつも騒々しく食事の準備をしていました。ときどき父は、天を見上げて身の上を嘆いたものでした。「神よ、娘を五人も持つこの男を憐れみたまえ」。長女が結婚して三人の娘をもうけると、父は寂しげに現実を受け入れました。「女どもに振り回される運命なんだな」。三人の孫娘は、祖父母の家があるリスダンガンに近い町に住んでいて、ちょくちょく遊びにきていました。孫娘にとって、母は「ナナ・テイラー」でした。

母は、ナナ・バリドゥエインとはまったく対照的なおばあちゃんで、孫たちは母が大好きでした。初孫のメアリーと、その妹アイリーンとトゥレサは、実家の両親と私たちの暮らしの一部になりました。孫娘たちは、実際には近くの町に住んでいましたが、自分たちは祖父母の家族の一員だと思っていました。うちの農場に住む私たち大人がそう思わせてしまったので、幼い孫娘たちはこの家族の一員だと思い込んだのです。孫娘たちは、週に二回（金曜日の夜と日曜日の午後）農場を訪れました。さらに、夏休みは毎日ナナとおじいちゃんと共に過ごしていたのです。おじいちゃんは「ディー」と呼ばれていました。おじいちゃんの名前はデニスでしたが、少女たちには「ディー」と呼ぶのが精一杯でした。いちばん下のトゥレサは、今はもう若いおばあちゃんになりましたが、ナナ・テイラーを思い浮かべると、体が内側から温かくなり、自然に笑顔になると言います。彼女が覚えているいちばん古い記憶は、夏休みを農場で、優しくて温かくて穏やかなナナと一緒に過ごしたことだとおしえてくれました。

毎週金曜日の夜、孫たちは車から降りると玄関から駆け込んできて、食器室*に直行しました。そこでナナが、焼きたての干しブドウパンをみんなに食べさせる準備をしていたからです。「そんなに食べてはいけません」ナナが何かを禁じたのはそのときだけだと、トゥレサは記憶しています。焼きたてのパンは幼い子どもの体には良くない、ナナはそう考えていたのです。とはいえ、孫たちが大きなほかほかの塊をほおばるのを、やめさせることはできませんでした。

* 台所に隣接した食器部屋。食器棚が置かれ、流し場もある。

孫娘たちはわが家にいる間じゅう、食器棚の引き出しの中をひっかき回していました。引き出しには、少女たちにとって、おもしろくて魅力的ながらくたがいっぱい詰まっていたのです。古い手紙、ぼろぼろになった雑誌『メッセンジャー』、コルク、ひも、私たちが子どもの頃使った古いスケッチブック、あまったボタン。少女たちは、引き出しを空にして、中身をすべて食卓の上に広げました。それから、がらくたを並べ替えて引き出しに戻すのでした。そして次の週にやって来ると、同じことをまた繰り返しました。実は、ふたつの引き出しの中身を整理する行為は、過去にもまったく同じことが行われていました。私たち姉妹が、子どもの頃にしていたのです。あのふたつの引き出しは、なぜ子どもたちを惹きつけるのでしょう。今の世の中に暮らす人々にわかってもらうのは難しいのですが、あの引き出しにはアラジンの洞窟のような魔法があるのです。現在の私の孫には子ども部屋があって、そこはおもちゃでいっぱいです。でも、私たちが子どもの頃は、あの引き出しがおもちゃでいっぱいの子ども部屋だったのです。大人になった今でも、私は実家を訪れると、引き出しの中身を引っかき回しています。どういうわけか引き出しが実家の一番大切な部分のように感じられて、離れている間に私に起こったできごとを、引き出しに報告している気分になるのです。

私の次の世代の子どもたちもまた、あの引き出しに惹きつけられるとは、たいへん興味深いことだと思っていました。もちろんナナが、孫たちに好きなようにさせていたからです。孫たちが夢中になって引き出しをひっかき回す様子を喜んで眺めていたのです。ナナはとにかく穏やかで忍耐強い人で、ナナに叱られたことなど一度もなかったと、孫たちは言います。春になると、三人の幼い孫娘たちは、今度は食器室の裏にある部屋へ直行しました。加熱灯の光の下に、生まれたてのひよこがいるのをのぞきに行くのです。小さなひよこがピヨピヨ鳴いて動いている姿に、少女たちは心を奪われていました。考えてみると、私たちも子どもの頃、学校から帰ってひよこが家に届けられていると、大喜びしたものでした。ひなは長方形の丈夫な段ボール箱に入れられた状態で届きました。新鮮な空気が入るように、箱には丸い穴がいくつもあいていました。飼育箱を用意し、加熱灯の光が当たるようにして、その中にひよこを入れました。メアリー、アイリーン、トゥレサの三人のように、私たちきょうだいも、ひよこ用の餌をかき混ぜさせてもらえました。ひなに水をやるのは、餌をやるよりちょっと複雑な方法でした。ジャムの空瓶に水をたっぷり入れ、瓶の口にお皿でふたをします。このへんてこな装置をそのまま逆さにすると、水がお皿の上に少しずつ漏れ出てくるのです。ひなは、お皿の水をつつがなく飲むことができるというわけでした。ところが、空瓶とお皿を使ったこの装置をたくみに操るには、手先が器用でなくてはなりませんでした。手伝いたくてたまらない幼い子どもには少々難しく、思いがけず大洪水を引き起こすことがありました。それでも、幼い私たちも、しだいにコツをつかみ、ついにはうまくできるようになりました。

数週間が過ぎると、ひなは大きくなり、納屋の近くにある鶏小屋に移されました。休みの日になると、メアリー、アイリーン、トゥレサは鶏小屋に入り、卵を集めてきました。けれども、ニワトリの扱いに慣れていた私たちとは違い、この三人が小屋に入るのには、勇気が必要でした。ニワトリは跳びまわりますし、幼い子どもが好まない奇妙な臭いがするからです。一方で子どもの頃の私たちにとっては、そういうものはすべて農場の暮らしの一部で、当たり前のことでした。ナナは孫娘たちを安心させるため、大きくなったニワトリも怖くないのよ、そう言い聞かせました。ナナはニワトリをたいそう大事にしていましたし、ガチョウとアヒルも育てていました。父は鳥の世話をしているとすぐにイライラしてしまうので、鳥の世話はすべて母に任せられていたのです。母はすべての鳥を、心を込めて大切に育てていました。

三人の孫娘は、夏休みを祖父母の農場で過ごしました。孫たちは二階の真ん中の部屋で、ふかふかの羽毛布団にすっぽりと包まれて眠るのが好きでした。その心地よい部屋は台所の上にあったので、下の台所からぼそぼそ聞こえてくる話し声を子守歌の代わりにして、孫たちは眠りについたのでした。けれども、誰かが大声を上げたり、どっと笑い声がしたりするとベッドから飛び起き、階段の途中まで駆け下りました。いつもその場所で下の様子をうかがっていたのです。そこは秘密の見張り場でした。その昔、私たちもその場所から下をうかがったものでした。壁板の節に穴が開いていて、のぞくと台所で何が起こっているのか、見渡すことができたのです。三段下は踊り場で、階段はそこで台所の方へ向きを変えていました。踊り場の壁には、復活祭蜂起*の「アイルランド共和国樹立の宣言」が掛けられていました。これを見てナナ・バリドゥエインは大いに満足したことでしょう。独立戦争は昔の話ですが、この宣言はアイルランドの歴史の重要な一部となっています。

＊　一九一六年にダブリンで起こった、イギリス政府からの独立を目指した武装蜂起。蜂起軍はダブリン中心部にある中央郵便局などを占拠し、「アイルランド共和国樹立の宣言」

を読み上げ、独立を宣言した。数日後にイギリス政府軍によって鎮圧され、指導者の多くが処刑された。

長年の間、私の母はあらゆる人々を、自宅に温かく迎え入れていました。だからいつも親戚か隣人が遊びに来ていました。階段の見張り場からのぞいた孫娘たちは、毎晩さまようようにナナの家にやって来る、ある隣人のおじさんが、お酒を飲み過ぎることがあると思っていました。少し離れた見張り場からおじさんを興味津々で見つめていると、ナナがおじさんに食べ物を食べさせ、酔いをさまそうとしているのがわかりました。ナナは誰にでも親切で優しいのだと、孫たちはすっかり感心したのでした。

孫娘たちは夏が好きで、干し草の刈り取り作業を見るのも大好きでした。刈り取りが行われる日は、台所も大忙しです。牧草地で力仕事にいそしむ大勢の男たちが、日中に軽食をとるからです。午後になると、孫たちはナナと一緒に牧草地へ出かけていきました。ミルク入り紅茶を入れたほうろうのバケツと、焼きたてのリンゴのタルトをいくつも携えていました。牧草地の真ん中には干し草の大きな山ができあがっていました。その周りに作った小山におのおのが腰を下ろし、ナナと孫たちも、甘くて温かい紅茶を男たちと一緒に飲みました。ゆっくりとリラックスして、楽しくおしゃべりをして過ごす時間でした。孫たちは、ナナの家の手伝いをしてくれる、近隣の農家の男たちと知り合い、おしゃべりをしました。数週間後、干し草の山を馬にひかせた台車に乗せ、家の敷地に運び込む作業をする日のことです。孫娘たちは、納屋の前で並んで待っていました。牧草地まで台車に乗せていってもらうためです。牧草地に着いて、そこで台車の上に干し草の山を乗せてしまうと、孫たちは今度は山の後ろにスペースを作ってそこに腰掛けました。納屋まで台車でガタガタ揺られていくのです。投げ出した足が地面を引きずられていきました。私たちきょうだいも、台車で運んでもらうのを楽しんだものでした。少女たちが同じことを楽しんでいる姿を見て、嬉しくなりました。

ナナには信仰がとても大切であり、祈ることが生活の一部になっていると、孫娘たちもよく心得ていました。ナナの家に泊っている間、毎晩みんなでロザリオの祈りを捧げました。みんなで床にひざまずいて祈るので、食卓の下から椅子を引き出して体をもたせかけることができるようにしていました。おじいちゃんが帽子を床にほうり投げ、お祈りが始まりました。ナナは一連ごとに、長々としたお願いを差し挟みました。お祈りのむすびには「元后あわれみの母」を唱えて終わりました。孫たちにとって、今でもいちばん印象に残っているのは、ナナがお祈りの言葉をつけ加えることだったと言います。ナナは、マリア様に助けをお願いしたい人をリストにしていましたし、他にも何人もの聖人に呼びかけて、助けを求めたからです。ひとりひとりの聖人の名が呼ばれた後、孫たちはおじいちゃんと一緒に「私たちのためにお祈りください」と唱え、ナナの祈りの言葉に合わせて祈りました。何か特別なお願い事があって、天上の聖人たちにより懸命にお願いする必要があれば、ナナは客間の真ん中のテーブルにろうそくを立て、火を灯して祈りました。ナナはまた、お気に入りのお祈りを孫娘たちに教えました。それは「聖母の御保護を求める祈り」でした。今でも人生の試練に直面すると、孫娘たちはナナを想いつつ、このお祈りを捧げています。

毎週日曜日には、孫娘たちは自宅近くの町にある教区の教会へ行き、ミサに参列しました。ミサの間は両親と一緒に中央の座席に腰掛けていましたが、ミサが終わるとすぐ、脇の席に坐っているナナのもとに駆け寄りました。けれどもナナは、ミサの後もなかなか帰ろうとしませんでした。孫娘たちは母親に諭されて、ナナがお祈りを終えるのを静かに坐って待ちました。ナナはお祈り上手でした。家から遠く離れた土地に住む娘や友人たちは、つらいことがあるとナナに手紙をよこしました。ろうそくに火を灯し、祈りを捧げて欲しいと書いてくるのです。するとナナは、いつも望みの通りにしてあげるのでした。孫たちは、ナナが枝付き燭台のろうそくに火を灯すのを手伝いました。お祈りが終わるとナナと一緒に教会から出て、そばに付き添って墓地を歩きました。ナナは、近くの木造の露店で週刊誌『アイリッシュ・カトリック』と月刊誌『メッセンジャー』を買いました。そういう雑誌には、宣教師が活動するための資金援助のお願いが掲載されていて、ナナがときどき援助のお金を送っていることを、孫たちは知っていました。

冬になると、ミサに行くとき、ナナはくるぶしまでのブーツを履きました。どこか特別な場所へ行くときには、いつもツイードのスーツとしゃれた帽子というでたちでした。家ではいつも、紺色の前掛けか明るい青のオーバーオール姿で、着心地が良く、実用的なものを身に付けていました。ナナは草花が大好きで、孫たちに植物の手入れや育て方を教えました。特にスイートピーとキンレンカは、種を植えて育てることが喜びのようでした。挿し木をするのも大好きで、いろいろな植物の枝を切っては鉢に植えていました。今では孫娘たちも同じことをしています。お互いの庭で栽培した植物の枝を切っては交換し、挿し木をして楽しんでいるのです。ゼラニウムを目にすると、孫たちはナナ・テイラーを思い出します。ナナが客間の窓辺にゼラニウムを置いていたからです。ナナの庭には大きな紫陽花があったので、この花を目にしてもナナを思い出すようです。

　歳をとっても、ナナは体の調子が悪いと不平を口にすることはありませんでした。それよりも、孫娘たちがすることに常に関心を寄せていました。ナナの温かさと優しさが、孫娘たちの心に残り続けています。

6　アイルランドの呼び声

　姉のメアリーは、一九五〇年代に大勢の移民のひとりとしてコークの港からイギリスへ渡りました。のちにケントに落ち着き、その地でイギリス人よりイギリス人らしくなったのです。休暇中にいちど、メアリーのもとを訪ねた私は、姉とそのウェールズ人の夫と共に、おしゃれなガーデンランチを楽しんだのですが、それは、保守党に寄付する資金を調達するため、姉夫婦がブラックリーのしゃれた通りで主催したイベントでした。ナナ・バリドゥエインはお墓の中でさぞ腹を立てたことでしょう。でも、姉のアイルランド人としての自覚はまだ失われてはいませんでした。ラグビーの決勝戦でアイルランドとウェールズが対戦することになったとき、夫婦間で国際紛争が起こりかけたのですから。ウェールズ人の夫は興奮して騒ぎ始めましたが、メアリーは気持ちが高ぶっていることをおくびにも出さず、家族から少し離れた席でガーデニング雑誌に読みふけるふりをしていました。でも、胸中は見透かされていたのです。アイルランド代表チームが得点すると、誰にということもなく勝ち誇った顔を見せましたし、とうとうアイルランドが試合に勝つと、椅子から立ち上がり『アイルランズ・コール』[*1]をハミングしながら家族の横をすたすたと通り過ぎ、もう用は済んだと言わんばかりに庭へ出て行ったからです。姉は、ラグビーの国際試合のときだけはアイルランド人に戻ったのです。ナナ・バリドゥエインも緑色の旗[*2]を振ったことでしょう。

＊1　特にラグビーの国際試合でアイルランド代表チームが歌う賛歌。「アイルランドの呼び声」という意味。
＊2　アイルランドラグビー協会の旗のこと。緑色の地の真ん中にはシャムロック（三つ葉のマメ科植物）のエンブレムがあり、その周りに国内の四つの地方（アルスター、レンスター、コノート、マンスター）のエンブレムがあしらわれている。

メアリーの娘のリサは、ウェールズ人とアイルランド人の祖母のもとをよく訪れていました。ふたりの祖母は、まったく異なる暮らしをしていましたし、性格も正反対でした。このふたりがリサの人生にどんな影響を与えたのか、私はその興味深い話を聞かせてもらいました。リサはウェールズ人の祖母を「グランマ」と呼び、アイルランド人の祖母を「ナナ」と呼んでいました。さてこの呼び方の違いは、何を意味するのでしょうか。

ウェールズ人のグランマは、イングランドとウェールズの境界に近いウェルシュプールのはずれに立つ、こぎれいな平屋建ての一軒家に住んでいました。家の前にはきちんと手入れされた芝生が広がり、その中を美しい石で縁取りされた小道が通っています。小道の先には、きれいに磨かれたモザイクタイルを敷き詰めた階段があり、玄関に続いていました。裏庭は塀に囲まれていて、石を並べて囲んだ花壇は手入れが行き届いていていて、色鮮やかな花々が咲いています。ウェールズのグランマは、自宅がそうであるように、きちんとした立派な人だと、みんなに尊敬されていました。グランマの家にいる間はお行儀よくしなくてはならない、幼心にもリサはそう感じていました。メアリーが娘のリサに遠回しにほのめかしていたことは、グランマのひとり息子はケンブリッジ大学を首席で卒業していて、その息子に釣り合う女性などいるはずがないと思っている、ということでした。グランマにとっては、ハイクラスであることがいちばん大切だというのです。だから、自分の家にやって来る孫たちも、非の打ちどころのない振る舞いをするべきだと思っているのでした。それはともかくグランマにはいいところもあって、それは、冷蔵庫に常にルコザーデ*が入っているということでした。あの頃は、病気でなければ飲ませてもらえない、珍しいごちそうだったのです。あるときグランマの家を訪れると、グランマがリサと弟にお揃いのカウボーイの衣装をプレゼントしてくれました。自他ともに認めるおてんば娘だったリサは、グランマに心から感謝したのでした。女の子用のおもちゃを買ってくれるという、ありがちな間違いを犯さなかったのですから。いいぞ、グランマ！

＊　イギリスで販売されている清涼飲料。サントリーの英国法人が製造している。

毎日グランマはリサを連れて町まで歩いて、自分が経営している、お菓子屋兼たばこ屋に行きました。そこで店番をしているトーマス夫人に会いに行くのでした。子どもにとって、さぞ胸が躍るお出かけだったでしょう。グランマと一緒にお菓子屋さんに行くのですから！ところが、ワクワクするようなお出かけではなかったとリサはつぶやきました。お店のお菓子を食べさせてもらうことはないのだわ、出かけるようになってすぐに気がつきました。それでも、このお出かけには嬉しいこともありました。お出かけのルートは決まっていて、まずお菓子屋を訪ね、そのあとは食料品店に行って、小さなヨーグルトのカップをひとつと、アイスクリームをひとつ買うのです。家に帰って、午後のお茶のあと、グランマはヨーグルトを食べ、リサはアイスクリームをもらいました。「ヨーグルトには菌がいっぱい入っているから、リサは食べられないよ」グランマはそう言いましたが、リサはアイスクリームをもらうだけで大満足でした。まるまるひとつをひとりで食べさせてもらうなど、家では考えられないことだったからです。

リサが九歳のとき、体調を崩したグランマがリサの家族と一緒に住むことになり、そのため一家は大きな家へ引っ越しました。けれども数週間ののち、グランマは亡くなりました。重要人物が亡くなると、午後六時のＢＢＣ（英国放送協会）のニュースで報道されることをリサは知っていました。だから、グランマの死がニュースに取り上げられなかったことには、戸惑いをおぼえました。

一方、アイルランドのナナの家での滞在は、まったく違うものとなりました。ウェールズのグランマの家では決まりがたくさんあり、してはいけないこともいろいろありましたが、アイルランドのナナの家では、そういうことはひとつもありません。リサの一家がイギリスからアイルランドに到着すると、まず、大勢いるおばさんのひとりの家に滞在し、いとこたちとも対面しました。アイルランドには、本当にたくさんのいとこがいたのです。イギリスでは、両親に子どもがひとりかふたりという核家族が普通で、リサのうちもそうでした。アイルランドに来て、数えきれないほど子どものいる一族の一員になったことに、リサも弟も大喜びでした。それだけではありません。イギリスでは、「いとこ」は「母親か父親のきょうだいの子ども」と明確に定義された存在であり、それ以上でもそれ以下でもありませんでした。それが、アイルランドでは「いとこ」はその定義に当てはまらないようでした。つまり、「いとこ」は他の「いろいろな親戚」も意味したのです。「いとこ」という言葉は、近縁の者だけでなく、家族間のつながりがあまりない、関係の遠い親戚も意味するということに、リサは気づきました。ある年の夏、母親のふるさとに到着したリサと九歳の弟は、近くの遊び場に行きました。そこで弟が、地元の少年ともう少しでけんかになるところだったのですが、その少年が「いとこ」であることがわかり、ただちにすべてを水に流すことになったのでした。

アイルランド旅行のハイライトは、なんといってもナナの家に長期間滞在することでした。ナナは農場に住んでいました。農場には、楽しいことやワクワクするような探検が無限にありました。リサの母親は、アイルランドで過ごした子どもの頃の楽しい思い出をリサと弟に何度も語っていました。それでふたりはアイルランドが大好きになっていたのです。ナナの家に行くには、家畜用のゲートがいくつもある長い道のりを運転していかなくてはなりません。ゲートの前に来るたびに、ふたりは車を降り、通ることができるように、ゲートを開けたり閉めたりしました。最後のゲートを過ぎると、搾乳所の横を通り過ぎるようになっていました。運よく乳しぼりの時間に到着すると、オーバーオール姿のおじさんが出てきてふたりを迎えました。はじめの数日の間、おじさんが何を言っているのか、リサにはさっぱりわかりませんでした。けれども温かく迎えてくれたことだけはわかったので、言葉など必要ありませんでした。そのうちに耳が慣れてきて、リサにもコーク方言がわかるようになりました。

搾乳所を過ぎると、薄紅色の古びた母屋が見えてきました。リサの母メアリーの実家です。世代を超え、長い間ずっと存在してきた家のたたずまいを漂わせています。玄関前の階段に、ひと昔前の青い室内着姿のナナが立っていました。ナナがリサをぎゅっと抱きしめると、ソーダパン*と泥炭が混ざった匂いがしました。久しぶりにアイルランドの親戚と対面し、溶け込むことができずにいたリサでしたが、ナナに対しては、そんなことはありませんでした。ナナは優しい笑顔を浮かべ落ち着き払っていて、何事にも動じないように見えました。ナナに会う人はみな、ナナが思いやりのある優しい人だとすぐに気づきます。どんなに悪い行いをしても、おおらかな態度で接してくれるのです。

＊　イーストでなく、重曹とサワーミルクで膨らませて作ったパン。

ナナの家では、やってはいけないことなどほとんどないようでした。リサの家族は、イギリスでは新しい住宅街に住んでいて、そこでは隣人が、子どものすることに目を光らせていました。だから、子どもたちの楽しみといえば、買ってもらったおもちゃで遊ぶか、公園で遊ぶしかなかったのです。それに比べて、自然がいっぱいの農場はたまらなく楽しい場所でした。母屋の裏側には、うっそうとした森に守られるようにして、大昔の砦《とりで》の残骸が残っていて、そこで自由に遊んでよいことになっていました。また、母屋の近くには小川が流れていて、流れをせき止めてダムを作って遊ぶのにうってつけでした。野原の向こうから大きな川が農場の中を流れてきていて、そこは大人の監視の目が届かない場所でした。その川で子どもたちはコリー（ヒメハヤの稚魚）を釣って遊びました。本当の釣りをしに、おじいちゃんがやって来ることもありました。おじいちゃんが釣ったマスをナナが料理したものを、暖かい夏の夕べに食べるのが、孫たちは大好きでした。

毎朝早く、ナナは台所に姿を現し、鍋にオートミールのおかゆを作り、クリームと三温糖を加えました。それから濃い紅茶を入れ、ナッツ入りの黒パンにバターを塗りました。一日のうちいちばん大切な食事は昼食で、いつもベーコンとキャベツ、それに皮付きのジャガイモをゆでたものを食べました。夕食にはまた黒パンを食べ、干しブドウ入りケーキも食べました。干し草作りをする時期になると、子どもたちも午前中は大忙しです。牧草地で懸命に働く大人たちのもとへ持って行って食べさせるため、パンとケーキをブリキの缶に詰めたり、お茶をいれたりするのです。

ナナと一緒にニワトリの卵を集めるのが、リサは大好きでした。イギリスでは卵はお店で買うものだったのですが、アイルランドではまったく違っていました。不思議そうに見つめてくる子牛がいる囲いの中を通り、吠え立てる犬をわき目に、ナナはリサを連れて鶏小屋に到達します。それからリサに卵の集め方を教えました。巣箱の中を慎重に探って藁の下にある卵を取り出したら、そっとかごに入れるのです。リサにとって、最高においしい卵でした。

リサたちのアイルランドの滞在期間はいつもとても短く感じられ、あっという間に泣きの涙で別れを告げることになりました。でも、寂しい思いをする代わりに、リサと弟は少しお金持ちになりました。というのも、いろいろな親戚が「いいかい、これで何か欲しいものを買うんだよ」とささやきながら、ふたりの手にそっと多額の「寄付」を握らせたからです。当時のアイルランドではよく行われていたことですが、自分が特別な存在に感じられて、子どもたちは喜んだものでした。リサの父親は、小遣いについては大変厳しい考え方をしていました。だから、大金と思えるお金をもらえることはとても嬉しかったのです。親戚と同じようにナナもお餞別をくれましたが、ナナはいつも思いがけないものをくれるのでした。手に紙を握らされても、それが一〇ポンド紙幣なのか、はたまた、ナナが好きな聖人への祈りが印刷された紙なのか、わかりませんでした。いずれにせよ、ナナは私たちに必要だと思ったものをくれるのだ、リサはそう考えるようにしていました。

ナナはのんびりした性格でした。だから家の中がちらかっていることがよくありました。ナナの部屋には大きな棚があり、その中に、プレゼントとしてもらった品やカード、子どもたちが作ったものなど、何でもかんでも詰め込んでいるようでした。それで、ナナの家を訪れた人はみな、思いもよらない品をもらって帰ることになりました。ナナが誰に対しても気前よくおおらかであることを示す行為でした。

リサは、アイルランドのナナ（つまり私の母です）と長い時間を共に過ごすことができて幸運だったと感じています。ナナはリサが二十代のはじめになるまで生きていました。リサは自分が歳を重ねるにつれ、ゆったりとくつろいだナナの生き方を、前にも増して素晴らしいと思うようになりました。それに、ナナの知り合いの多さには、いつも感心させられました。リサが夏休みをコーク県で過ごしている間に誰かと知り合いになると、ナナはその人の両親も、祖父母も、親戚もすべて知っていて、一族に起こった過去のできごとさえ覚えていたからです。本当に素晴らしいと思いました。

リサはアイルランドのナナをとても慕っていました。優しいところも大好きですし、いつもリサを信頼してくれるのを嬉しく思っていました。晩年、ナナは脳卒中で倒れ、しばらく寝たきりになりました。リサがナナのもとを訪れると、「ひとつ後悔していることがあるの」ナナは、そうリサに告げたのでした。「イギリスの、あなたの家に遊びに行かなかったわね」

アイルランドのナナのもとから帰ってきて、リサが自宅に近いウェールズの海岸を散歩していたときのことです。にわかに温かい愛に包まれたような感覚がして、誰かが近くにいるような気がしたというのです。その晩、まだアイルランドにいたリサの母親から電話があり、ナナが亡くなったと知らされました。ようやくナナが海を渡って、私に会いに来てくれたのかもしれないわ。さよならを言うために……。リサはそう思っています。

7　孫と一緒に暮らすナナ

ある年配の賢い隣人が、悟りきった面持ちでいつも言っていました。台所には、女はひとりでいい。その人は、家庭内の対立を目にしてきたからそう考えるようになったのでしょう。姑と息子の妻が同じ台所を使わなくてはならないと、時として個性のぶつかり合いが起こるからです。この対立が原因で家庭内に摩擦が生じ、感情の激しい衝突が起こるかもしれないのです。このような確執は書き手にとって興味深い題材であり、アイルランド文学のテーマとなることもありました。ソロモン*ほど賢いか、ヨブ*ほど辛抱強くなければ、むつまじい関係を築くことはできないのかもしれません。でもそれができれば、若夫婦は朝から晩までベビーシッターをしてもらえ、老夫婦には孫という楽しみがもたらされるのです。おそらく、うまくいくためのひとつの秘訣は、後で騒動が起こらないようあらかじめ居住スペースを分けておくことかもしれません。

＊　イスラエルの三代目の王。『旧約聖書』には、知恵に優れた王として登場する。ヨブ

は『旧約聖書』の「ヨブ記」の主人公。様々な試練と苦難を乗り越える。

実家の古びた母屋には、二階の西側に使っていない部屋がありました。そこは、様々な物をむやみやたらに集めてしまう母が、物をため込んでおく場所として使っていました。少々ぐらつく階段で下の部屋とつながっていて、養蜂をしていた兄が、蜂蜜を採取するために下の部屋を使っていました。兄が結婚して夫婦で実家に同居することになると、このふたつの部屋は、私の両親が生活するための場所に改築されました。すると、老夫婦にも若夫婦にも、ほっと一息つける場所ができたのです。さらに、孫が生まれると、孫たちは両夫婦の居住空間を自由に行き来するようになりました。

兄の子どもたちは、私の実家、つまり私が生まれた家で育ち、末娘はアイリーンという名です。年月とともに、実家の家族がしだいに変わっていく様子を、私は興味深く眺めていました。孫たちは私の母を「ナナ・テイラー」と呼びましたが、アイリーンひとりだけは「グラニー・テイラー」と呼んでいました。一九七五年にアイリーンが生まれたとき、母は八十歳でした。優しくて穏やかでおおらかなおばあさんで、必要なときには家族を守り、家族に助言をすることもある、私の母はそういう人だったと、アイリーンは記憶しています。アイリーンと兄ドミニクとは二歳違いです。ということは、学校にあがるまでの二年間、アイリーンは大人だけの家族の中で日中を過ごしたことになります。その時間が大切な思い出になっていると言います。アイリーンの父親は農場で働き、母親は食事を作ったり、パンを焼いたり、家の中のことで忙しくしていました。だから午前中はずっと、家の西側の「フラット」と呼んでいた居住スペースにいるグラニーとグランダ《おじいちゃん》と一緒に過ごしていたのです。

　アイリーンにとってフラットは、モンテッソーリスクール*のような場所でした。グラニーとグランダは文字や数字の書き方を教えました。そして、もっと大切で役に立つこと、たとえば靴紐の結び方や、グランダのたばこ用パイプの中をクリーナーで掃除する方法なども教えたのです。朝アイリーンがフラットに行くと、グランダがまだベッドの中にいることがありました。するとアイリーンはベッドにもぐり込み、温かいふとんの中でグランダに寄り添って横になったものでした。グランダは自然が大好きでした。アイリーンはグランダと一緒に、エキゾチックな植物や鳥、見知らぬ土地の鮮やかな写真がたくさん掲載された、大判の写真集を眺めて楽しんだものでした。

＊　イタリアの医師で教育家であるマリア・モンテッソーリ（一八七〇～一九五二）が行った教育方法を実践する学校。子どもたちの自主性や発達を重視する教育を行う。

　一方でグラニーは、そういうことよりも、おいしい食べ物や裁縫用の良質な布に興味がありました。アイリーンとグランダが世界中のジャングルを旅するあいだ、グラニーは洗い物や繕い物などの、より実用的なことをしていました。その間、ラジオから流れてくる「時の人」の声に耳を傾けていたのです。神様に次ぐ偉大な人物、ゲイ・バーン*の番組でした。番組の陽気なオープニング曲とゲイ・バーンの雄弁な語り口を、アイリーンは今もよく覚えています。グラニーはありがたがって聞き入ったものでした。それなのに、番組のくだらない内容に、グランダがしばしば舌打ちするのが聞こえました。ところで、グラニーがいちばん得意としていたことは、アイリーンとその兄弟にお祈りを教えることでした。孫たちにとってグラニーは、熱心に祈りを捧げる信心深い祖母でした。

＊ 一九三四〜二〇一九。アイルランドのテレビ、ラジオの司会者。一九七三年から二十五年に渡り、アイルランド国営ラジオ放送で冠番組を持っていた。

アイリーンが少し大きくなり、上手に読んだり書いたりできるようになると、グラニーの秘書になりました。グラニーの年金を引き出し、頼まれた買い物をし、世界中に散らばっている家族や親戚への手紙のやり取りを手伝ったのです。グラニーは、ミルヒル宣教会と頻繁に手紙を通わせていて、ときどき、かなりの金額を寄付していました。アイリーンはまた、グラニーの髪型を整え、足のマッサージをするようにもなりました。それでもグラニーは、農場内を歩いて「キピーン」（地面に落ちている小枝。暖炉にくべる）を拾い集めることは楽しんでやっていましたし、野原を散歩するのも好きでした。おかげで健康な状態を保つことができていたのです。八十代になってもやすやすと前屈してつま先に手で触れるのを見て、アイリーンは驚いたものでした。

日曜日の午前になると、グラニーは家族と一緒にミサに行きました。夏には青い上着を、冬には茶色い上着をはおり、美しい絹のスカーフを首に巻き、本革のバッグを持って、なめし革のくるぶしまでのブーツ（「ブーティ」と呼んでいました）をはきました。グラニーがレイランド社製のジープの助手席におさまり、家族みんなで町の教会に出かけました。教会に到着すると、グラニーは、当時「女性用の座席」とされていた席に腰かけ、ドミニクとアイリーンも一緒に坐りました。グラニーは教会で知人に会うと、どの人にもたっぷりと時間をかけて丁寧にあいさつをしました。グラニーは教区で愛され、尊敬されているのだとアイリーンは思ったものでした。グラニーはみんなに心を込めて親しげにあいさつし、相手の話に一心に耳を傾けました。一方的に話をして会話を独占することなどありません。アイリーンはグラニーが聞き役として本当に優れていたと記憶しています。ミサが終わると教会のろうそくにみんなで火を灯し、それから、町にあるグラニーの友人リジー・メイのお店へ向かいました。グラニーがリジー・メイと楽しげにおしゃべりしていたことが、アイリーンの記憶に残っています。一緒に学校に通っていた昔を懐かしんでいたのでした。リジー・メイは気前の良い人で、グラニーの付き添い（つまりアイリーン）に、いつもお菓子をくれました。駄菓子ではなく、上等なお菓子です。ときには、チョコレートをまるまる一枚くれることさえありました。アイリーンはたいそう喜んだものでした。

グラニーは、食べ物のことにはこまごまと気を遣いました。調味料や薬味について豊富な知識を持っていたので、鳥の丸焼き用の詰め物など特別な料理はグラニーが味見をして、もっと調味料を入れるべきか判断しました。子どもは鉄分を取る必要があると思っていて、セイヨウイラクサの季節になると、孫に食べさせるキャベツの中にこっそり入れようとしたものでした。孫たちがイラクサが入っていることに気づくはずがない、グラニーはそう思っていましたが、孫たちは「食べたくないよ」と訴えたのでした。グラニーは孫たちにいろいろなことを上手に教えました。でも忍耐力がない孫たちは、なんでも急いで終わらせようとしました。ときどきグラニーは「急がないで。ゆっくりやるのよ！」と声を上げ、子どもたちをどうにか落ち着かせ、ぞんざいに進めたものの出来を確認させました。ときに孫たちが言い争いやけんかをすることがありました。すると、グラニーはいつもこんな詩を口ずさみました。

犬は噛む者吠ゆる者　クマや雄獅子は歯噛《はがみ》して
互いに闘う者なれど　稚子《おさなご》は皆おとなしく
小さき手もて友どちを　かきさくことをなすなかれ
こは神様のみこころぞ

（アイザック・ウォッツ著、植村正久訳、「犬は噛む者吠ゆる者」）

この詩を聞いて、子どもたちはけんかをやめました。常に平和であることを望んでいるグラニーは、孫たちがけんかをして最悪の状態に陥ったとき頼りになる人でした。騒ぎをしずめ、何が原因だったかをよく聞いて、仲直りするための助言をしてくれました。みんなの気分が良くなるように、ちょっとしたおやつをくれることもありました。

グラニーは九十四歳という年齢まで長生きしました。存命中は、国外へ出て行った友人知人や親戚が常にグラニーのもとを訪ねてきていました。遠い昔の家族のルーツを探り、過ぎし日の話を聞きたがったのです。かつて農場で働いていた人々や家の中のことを手伝ってくれた人たちも、グラニーに会いにやってきました。あの人もこの人も、グラニーに親切にしてもらったと感謝の言葉を述べました。人はみな善人だと考えるグラニーは、どの人にも敬意を払って接していたのです。アイリーンにはこのことが強く印象に残っていて、この考え方は、他人とうまくやっていくための人生の良き指針となると感じています。また、アイリーンのいとこたちは、グラニーのもとに結婚相手の候補を連れてきました。その人物を吟味してもらい、結婚するにふさわしいか判断してもらうためです。グラニーが厳しい判断をくだすことはありませんでした。でも、ひょっとしたら将来起こるかもしれない問題を指摘して、注意を促すことはありました。孫たちに賢明な助言をしたのです。

人の悪口を決して言わないグラニーが、悪く言うのはキツネだけでした。アイリーンは、グラニーがキツネを嫌っていたことを思い出すたびに、短い詩が心に浮かぶと言います。

千の友を　持つ者は

友をひとりも　失わない
敵がひとり　いる者は
至るところで　敵に出会う

実家の家族がテレビで野生動物の番組を見てくつろいでいたときのことです。ふと気づくと、画面にキツネが映っていました。「あらキツネの赤ちゃん、かわいいわね」アイリーンは思わずそう言いました。ところがグラニーは、ひどく腹を立てていました。「おおいやだ、いまいましい！」いかにも不愉快そうな表情でそう言い放ったのでした。「でもグラニー、とってもきれいなキツネよ」アイリーンは言葉を返しました。グラニーは聞き入れませんでした。大切に育てていたガチョウとニワトリが、何羽もキツネに殺されたのです。キツネは卑劣な動物なのです。かわいらしい子ギツネが草むらで楽しげに遊んでいる姿も、グラニーの心を和ませることはありませんでした。グラニーはキツネを許すことができないのでした。グラニーの中に悪意を見たのは、テレビにキツネが映ったときだけでした。それ以外は、グラニーは穏やかで愛すべき老婦人だったのです。触れてはいけない話題とは、どんな人にもあるのだわ。たとえ、この上ない善人であってもね。アイリーンは、そう理解したのでした。

グラニーのもとには、興味深く楽しい郵便がしょっちゅう届いていました。クリスマスには、カナダに住むアイリーンおばさんから、布の飾りを縫い付けた大きくてしっかりしたカードが届きましたし、世界中にいる親戚や知人からもカードが送られてきました。一年を通して、様々な興味深い場所から、絵葉書や手紙が送られてくるのでした。アイリーンは切手集めが趣味だったので、グラニーの文通から大いに恩恵を受けていました。ただしライバルがいて、それは宣教師たちでした。使用済み切手を売って布教活動の資金にしていたのです。だからアイリーンは、戦利品の一部を宣教師たちに寄付しなくてはなりませんでした。

グラニーのたんすには、素敵な物がたくさん詰まっていました。エレガントなスカーフ、良い香りのするローションや化粧品、繊細でかわいらしい飾りやちょっとした小物などです。グラニーは、暮らしを楽しくする品物が好きでした。紅茶が大好きで、飲むときはいつも、優美なボーンチャイナのティーカップとソーサーを使いました。グラニーがいれたお茶を飲むと、アイリーンは体の内側から抱きしめられている気分になったものでした。グラニーはまた、家のあちこちにお菓子を隠し置いていました。いつも同じ場所に置いておくと、甘いものが大好きな孫たちが、くすねてしまうからでした。マリエッタビスケットはあまり人気がありませんでしたが、他にお菓子がないときは、みんなで食べたものでした。

グラニーは本当に素晴らしい女性だったと、アイリーンは思っています。親切で寛大で、家族や助けを必要としている人につねに寄り添い、優しく思いやりがあって、人生において何が大切かをわきまえている、まさに賢者でした。グラニーの助言でいちばん優れていたのは「人はみな善人」という言葉だと感じています。グラニーは人を批判せず、良くない素行をとがめることもなく、そのまま受け入れたのです。人の悪口を言うことも、良くないと決めつけることもありませんでした。敬虔なクリスチャンであることが、言動に表れていました。生きていく上での優れたお手本だと思っています。

8　丘の上のわが家

あなたが、自分が生まれ育った家を「うち」と呼ばなくなり、その代わり、いま住んでいる家を「うち」と呼ぶようになったのは、いつですか。結婚してイニシャノンに住むようになってから何年もの間、私は実家の農場へ行くことを「うちへ帰る」と言っていました。夫のゲイブリエルが笑顔で言ったものです。「きみは、丘の上へ帰るんだね」。ゲイブリエルの言う通りでした。イニシャノンを発ち、マクルームを過ぎて、キャリガニマという小さな村を通り抜けたところに、景色ががらりと変わる曲がり角があります。その角を曲がると、目の前に田舎の景色が広がり、向こうには、見渡す限り丘が連なっているのです。私は、この連なる丘を見て育ちました。だからその地点まで運転してくると、慣れ親しんだ土地に帰って来たという気分になります。そこではマラガニッシュ山が、天国の門にいる聖ペテロ*のように私を故郷に迎え入れてくれるのです。私の息子たちも、丘の上へ帰るのが大好きでした。祖父母が心から喜んで迎えてくれたからです。息子たちにとって祖父母が暮らす農場は、広く開放的で想像力をかき立てられる空間のようでした。夏休みの長い休暇を祖父母の農場で過ごした息子のひとりは、イニシャノンに戻って来るとこう言いました。「アフリカ探検から戻ったよ」

＊　イエスは、弟子のひとりである聖ペテロに「天国の鍵」を授けたとされる。

夏の終わりには、母は私たち家族と一緒に、海辺の町バリビュニオンで一週間の休暇を過ごしたものでした。海で遊ぶ孫たちが、遠くに流されてしまわないように目を光らせていました。バリビュニオンに到着すると、ナナはいつも通り、まず子どもたちが使うためのスコップを買い、それからセーラー帽を求めます。そして、どこにいるのかすぐわかるように、孫たちの頭にセーラー帽をしっかりとかぶせました。そうすると、浜辺で椅子に腰かけていても、セーラー帽を目で追っていれば、孫たちの居場所が一目瞭然でした。夕方になると、ナナは子どもたちを呼び集め、近くの浜茶屋に連れて行きました。そこでレモネードとシュークリーム、それに、溶けかけたアイスクリームをはさんだウエハースサンドを食べさせるのです。この時刻に潮が満ちてくると、子どもたちは砂のお城を作って波をせき止める遊びをはじめました。波は、大きくそびえ立つ砂のお城の周りに堀を掘るように渦巻いていましたが、ついには砂のお城をのみこんでしまいました。ナナはすぐ近くでずっと眺めていて、お城づくりをする孫たちに助言を与えていました。

でも、ナナと孫たちが一緒に楽しんだのは、実は、夜の時間でした。ナナと孫たちだけで夜の町へ出かけて行ったのです。*滞在しているゲストハウスを出る前に、子どもたちのふところ事情を合わせるため、長々と話し合いが行われました。全員が同じふところ状態で遊びを楽しむことができるようにというのです。そして、みんなが満足のいくお財布状態になると、ナナと孫たちは、けたたましい音楽が鳴り響いてくる「メリーズ」というホールの方へ出かけて行きました。ナナも子どもに返ったように見えました。孫たちは、自分でビンゴゲームをし、スロットマシンで遊びました。スロットマシンからコインがどんどん出てくると、ナナは孫たちと一緒になって大喜びしたものです。でもそんなとき、仲裁者としてのナナの出番になりました。ひとり勝ちはあってはならないからでした。ナナにとっては、みんなが幸せであることが大切でした。孫たちが遊ぶお金については、決定権はナナにあったのです。

＊ 夏の間、ビーチのすぐ近くなどに移動遊園地が設置され、夜遅くまで乗り物やゲーム、食べ物の屋台などが営業している。ここで夜の町とは、その移動式遊園地とその界隈を指す。

幸運の女神が味方をしてくれない場合、ナナが孫たちに小銭を与えました。孫たちはナナと本当に楽しい時間を過ごしていました。夜の外出の際、私が息子たちに付き添うことはありませんでした。息子たちが、大好きなナナと一緒に過ごす時間だと思っていたからです。孫たちとナナの年齢差はなくなり、ナナは少女のようにはしゃいでいました。そんな姿は、私も見たことがありませんでした。夜の遊びが終わると、子どもたちは稼いだお金をすべて出し合って、牛乳とふわふわのクッキーを買いました。そして、ゲストハウスに戻る途中にある、崖の上のベンチに腰かけて、みんなで食べたのです。はるか下の海では、岩肌に打ち付ける波の音がしていました。ところで、バリビュニオンでは嵐になると、立っていることができないくらい強風が吹き荒れます。幼い子どもにとっては特に大変でした。うちの末っ子はナナの手にしっかりとしがみついて、こうせがんだものでした。「ナナ、ぼくの手をしっかりつかんでいてね。でないと吹き飛ばされちゃうよ」

何年か過ぎたあと、末っ子のその言葉を思い出し、二人の兄が笑みを浮かべました。時が流れ、もうその頃には、今度は末っ子がナナの支えとなっていたからです。ナナがイニシャノンのわが家に遊びに来ると、息子たちは大喜びしたものです。ナナは台所に陣取って孫の大好きな料理を作ってくれました。デザートには、タピオカプディングとライスプディングを真っ先に作ってくれました。孫たちの間でけんかが始まると、気持ちを落ち着かせるために、ナナは短い詩を口ずさみました。何十年も前、私たちきょうだいの間のいざこざをしずめたのと同じ詩でした。

小さな巣の　小鳥は仲良し
だから　恥ずかしいことだ

ひとつの家族の子どもが
けんかをし　争い　仲たがいするなんて

（アイザック・ウォッツ著、「兄弟愛」の一節）

この詩は昔と同じように効果を発揮し、孫たちはけんかをやめました。どんなにひどい言い争いをしていても、ナナの願いをかなえることがいちばん大事、そう考えていたからです。母の晩年に私は長女を産み、母の名をとってレナと名づけました。ナナは私の息子たちの人生を豊かにしてくれました。そして、私の娘とも数年を過ごすことができたので嬉しく思っています。その数年のあいだ、ナナと孫娘レナは固い絆を築いたのです。

デザイナーブランドのハンドバッグが出回る前は、こんなバッグがよくありました。

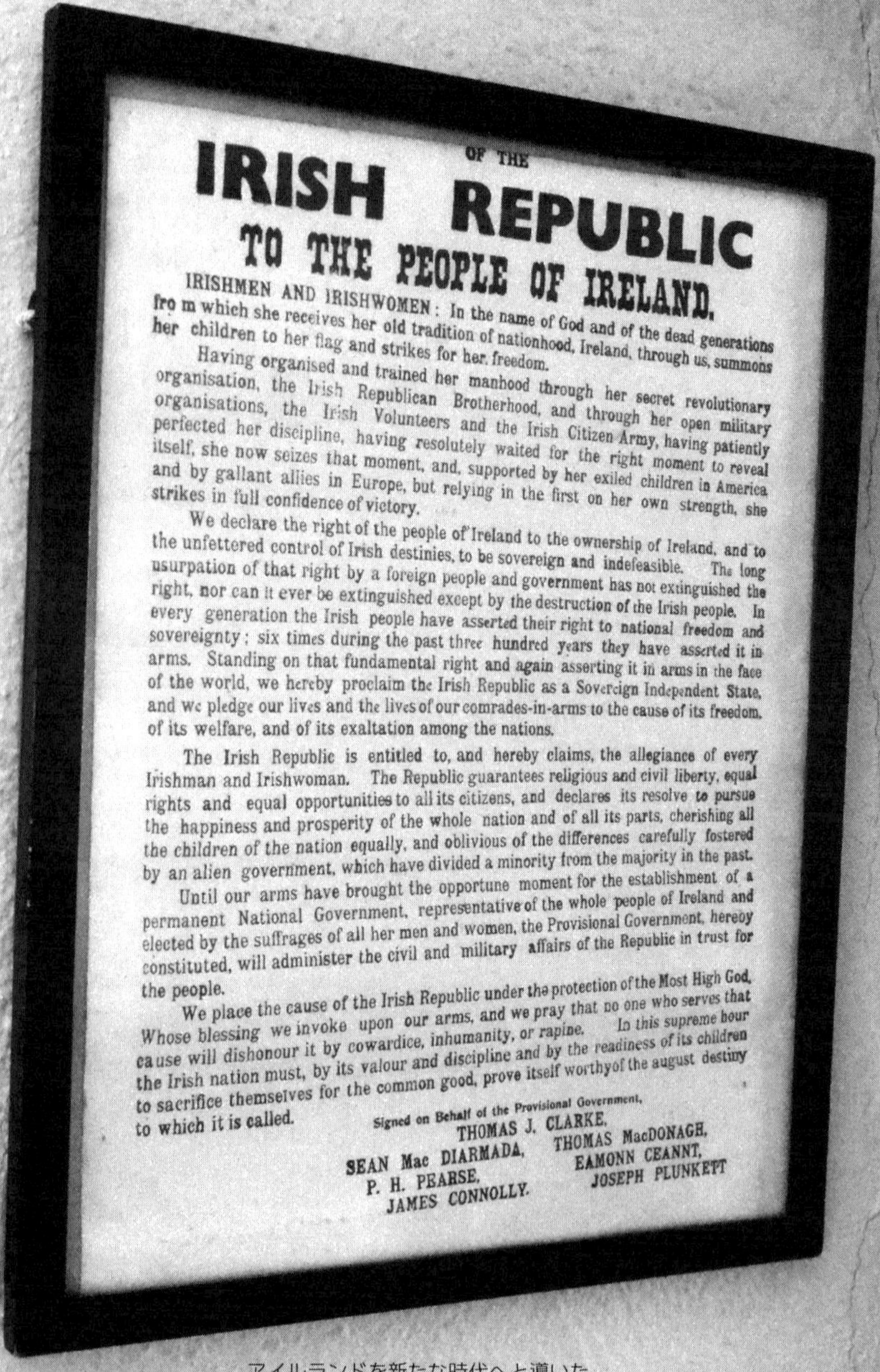
OF THE
IRISH REPUBLIC
TO THE PEOPLE OF IRELAND.
IRISHMEN AND IRISHWOMEN: In the name of God and of the dead generations from which she receives her old tradition of nationhood, Ireland, through us, summons her children to her flag and strikes for her freedom.
Having organised and trained her manhood through her secret revolutionary organisation, the Irish Republican Brotherhood, and through her open military organisations, the Irish Volunteers and the Irish Citizen Army, having patiently perfected her discipline, having resolutely waited for the right moment to reveal itself, she now seizes that moment, and, supported by her exiled children in America and by gallant allies in Europe, but relying in the first on her own strength, she strikes in full confidence of victory.
We declare the right of the people of Ireland to the ownership of Ireland, and to the unfettered control of Irish destinies, to be sovereign and indefeasible. The long usurpation of that right by a foreign people and government has not extinguished the right, nor can it ever be extinguished except by the destruction of the Irish people. In every generation the Irish people have asserted their right to national freedom and sovereignty; six times during the past three hundred years they have asserted it in arms. Standing on that fundamental right and again asserting it in arms in the face of the world, we hereby proclaim the Irish Republic as a Sovereign Independent State, and we pledge our lives and the lives of our comrades-in-arms to the cause of its freedom, of its welfare, and of its exaltation among the nations.
The Irish Republic is entitled to, and hereby claims, the allegiance of every Irishman and Irishwoman. The Republic guarantees religious and civil liberty, equal rights and equal opportunities to all its citizens, and declares its resolve to pursue the happiness and prosperity of the whole nation and of all its parts, cherishing all the children of the nation equally, and oblivious of the differences carefully fostered by an alien government, which have divided a minority from the majority in the past.
Until our arms have brought the opportune moment for the establishment of a permanent National Government, representative of the whole people of Ireland and elected by the suffrages of all her men and women, the Provisional Government, hereby constituted, will administer the civil and military affairs of the Republic in trust for the people.
We place the cause of the Irish Republic under the protection of the Most High God, Whose blessing we invoke upon our arms, and we pray that no one who serves that cause will dishonour it by cowardice, inhumanity, or rapine. In this supreme hour the Irish nation must, by its valour and discipline and by the readiness of its children to sacrifice themselves for the common good, prove itself worthy of the august destiny to which it is called.
Signed on Behalf of the Provisional Government,
THOMAS J. CLARKE,
SEAN Mac DIARMADA, THOMAS MacDONAGH,
P. H. PEARSE, EAMONN CEANNT,
JAMES CONNOLLY. JOSEPH PLUNKETT.

アイルランドを新たな時代へと導いた、
1916年の「アイルランド共和国樹立の宣言」。

揺り椅子はもともとは、土台にばねが入っていてその部分が揺れる仕組みでした。現在の揺り椅子のように床の上で揺れるようになってはいませんでした。ばね式の椅子は、優しく律動的な動き方をしました。

聖テレーズ・ド・リジューのご絵は多くの家庭に飾られ、
優雅な雰囲気をもたらしていました。これはペグおばさんのものです。

1932年にペグおばさんとジャッキーおじさんが結婚式を挙げたときの写真。ペグおばさんは、教会へ向かう前に庭で花を摘んでブーケを作りました。また、式の後に会食をするための食卓も、自分で飾りつけたのです。

ニワトリは放し飼いにされていて、
台所に入ってきては、床のパンく
ずをついばんでいました。

水差しと洗面器には、美しい模様が描かれたものもあり、お揃いのおまるがセットになっていることもありました。白いほうろうのバケツに水を入れ、この一式とともに階下から二階の寝室へ運んだものでした。

これは、鍵のかかるデカンタホルダーです。お酒に目がない人が蒸留酒を取り出せないようにするためだったのでしょう。

暖炉でお湯を沸かす代わりにプリムスこんろが使われるようになり、その燃料は灯油でした。点火するときには、アルコールを使いました。

第三章　ナナになった女性たち

9　隣のナナ

ペグおばさんは、自分を「おばあちゃん」だと思ったことは一度もなく、私だってペグをそんな風に見ていませんでした。でももちろん、ペグの役どころが問題になる人たち（つまり私の息子たち）にとって、ペグはまさに「おばあちゃん」だったのです。隣家に住むペグおばさんは、私の夫の母親ではありませんでしたが、息子たちにとって、それはどうでもいいことでした。息子たちには、ペグはおばあちゃん的存在でした。すぐ隣の家に住んでいたので、うちで何か嫌なことがあると、息子たちはペグのもとへ駆け込んだものでした。

その昔、ペグの兄はまだ若い妻を亡くし、五人の息子と共に残されました。ペグは末っ子を引き取り、育てたのでした。ペグの夫ジャッキーもその男の子を喜んで迎えました。その男の子が、のちに私の夫となるのです。子どもがいなかったペグとジャッキー夫妻にとって、その子は「非の打ちどころのない息子」となりました。そこへ、私が登場しました。ジャッキーおじさんは、私を素晴らしい人柄だと認めてくれましたが、ペグおばさんはその考えには賛成しませんでした。でもそれは、もっともなことでした。今になってわかるのですが、あの頃を思い返してみると、私は義理の娘として悪夢のような存在だったからです。若く世間知らずで自己主張ばかりしていました。おまけに、夫は私を完璧な女性だと思っていて、そのおじであるジャッキーもまったく同じ考えだったからです。

だからつまり、私に正しいふるまいを教えなくてはならないと考えたのは、ペグおばさんだけでした。そして、おばさんは考えを実行に移したのです。「事の起こらんとするや、必ずその前兆あり」母にはそんな予感がしていたに違いありません。というのも、私がイニシャノンに行く前にこう言っていたからです。「もう別の家族の一員なんだから、あちらに迷惑をかけるんじゃないよ」。母はもめごとが起こると警戒していたのです。だから、長男が生まれ、ペグおばさんがほとんど育児を手伝ってくれないと私が愚痴ると、ぴしゃりと言われてしまいました。「どうしておばさんが手伝わなくてはならないの？　誰の息子だと思っているの？　それにおばさんはね、赤ちゃんの扱い方を知らないんだから」。そんなわけで私は、感謝の気持ちを忘れない義理の娘でいることを、嫁の経験も姑の経験もあり、嫁姑問題にひそんでいる地雷をよく理解している自分の母に教えられたのでした。あの子はまだまだ修業が足りない、母はそう思っていたのです。未熟だったあの頃は、ありがたみがわからなかったのですが、何年もたってから、母の教えに感謝したものでした。母の言葉にしたがったことで、結局のところ、私の子どもたちに有利に働いたからです。

ペグおばさんには「鷹揚《おうよう》」という言葉がぴったり合いました。いつも鷹揚に構えていて、おばさんの家もゆったりとした雰囲気をたたえていました。私が目がまわるほど忙しく、息子たちにあれこれ指図ばかりしていると、息子たちはペグの家に逃げ込んだものでした。そこは、常に歓迎してくれる、温かく心地の良い場所で、おばさんの二匹の飼い犬も喜んで迎えてくれました。犬にはタイニーとトプシーという、似つかわしくない名前がつけられていました。子犬の頃はこの名前で良かったのかもしれませんが、それはずいぶん昔の話でした。この家族のうち、ほっそりとスリムな体形で素早い動きをしていたのはジャッキーおじさんだけでした。タイニー（とても小さいという意味）とトプシーはでっぷりと太っていて、二匹とも逆立ち《トプシー・ターヴィ》することなど不可能でした。

息子たちは二匹が大好きで、一緒に遊んで楽しんでいました。二匹は溺愛され、さんざん甘やかされていました。狭い裏庭をよたよた歩いているか、でなければ、それぞれが自分の犬用のソファに伏せていました。裏庭の先にある、ゆるやかに傾斜した、奥行きの深い庭を、二匹が上ろうとすることはほとんどありませんでした。傾斜の上で庭いじりをしたり果物を収穫したりしているジャッキーおじさんとペグおばさん、それに、手伝いをしているつもりのうちの息子たちを、下からうらやましげに見つめるだけでした。ジャッキーおじさんとペグおばさんが散歩に出かけても、タイニーとトプシーはついて行くことができなかったので、暖炉の前で留守番をしていました。二匹が寒い思いをしないように、わざわざ暖炉に火が入れられていました。息子たちが隣家を訪れてみると、まるで自分たちと同じように、二匹の犬がのんきで贅沢な暮らしを送っているのでした。

気前が良く、誰が来ても歓待するペグおばさんのもとには、ひっきりなしに人が訪ねて来ていました。私の息子たちも、お店の裏にある小さな家に出入りしていました。ペグの家には玄関がなく、家に入るにはお店を通るしかありませんでした。お店を通り抜ける途中、これまた気前の良いジャッキーおじさんから、息子たちはいつも何かをもらっていました。ジャッキーはうちの息子たちを、姿を変えた天使だと思い込むほど愛情を注いでいたのです。

＊ ペグおばさんとジャッキーおじさん夫妻は、村でたった一軒の食料雑貨店を営んでいた。お店は著者の自宅の隣にあった。

日曜日の朝には息子たちはお店の手伝いをし、それからみんなでペグおばさんの家に押しかけて、ボリュームたっぷりの朝食をいただきました。ペグはフライパンでソーセージ、卵、薄切りベーコンを焼き、染み出た油がジュージュー音をたてていました。それに、焼きたてのトーストにバターをたっぷり乗せると、すぐに溶けてしみ込みました。また別の折には、息子たちの目の前で、ペグは熱した火かき棒を、黒ビールを入れた水差しに突っ込みました。すると、ビールからぶくぶくと泡が出て、鉄分が発生するというのです。それが子どもの体に良いとペグは考えていたのでした。温かい黒ビールは子どもたちの年齢と体の大きさに応じて、それぞれのマグカップに分けられました。黒ビールには子どもの健康に良い栄養がたくさん入っていると、ペグは信じていました。

ペグは料理好きでした。料理用の新鮮な野菜や果物は、自宅の庭がたえず提供してくれました。息子たちはアイスクリームのウエハースサンドを食べさせてもらう代わりに、セイヨウスグリやラズベリーを摘んだり、リンゴを収穫したりするのを手伝わされました。その後、おばさんの言うことに素直に従っていれば、作ったジャムを瓶に入れる手伝いをさせてもらえ、味見もさせてもらえるのでした。庭の傾斜の上にある鶏小屋も、息子たちの興味をそそる場所でした。おばさんやおじさんと一緒にニワトリに餌をやり、卵を集めたものでした。

子どもたちがいちばん手伝いをしたがったのは、ペグおばさんがリンゴのケーキを焼くときでした。おばさんのリンゴのケーキは、伝説に残ると思えるほどおいしかったのです。深さのある大きな天パンで焼くので何十人分もの大きさで、お皿に乗せることなどできませんでした。誰が天パンの大きさに合わせて生地をのばすか、子どもたちは争ったものでした。生地を入れたあと、子どもたちは、薄く切ったリンゴを層にして乗せました。その上から、誰が砂糖をざぁっと入れるか、またその上に誰がクローブとシナモンをまき散らすか、争ってやりたがりました。ケーキの表面になる層は、ペグおばさんの気分と生地の材料がどのくらいあるかで決まりました。下と同じ生地だったり、スポンジの生地だったり、カップケーキの生地だったりいろいろでした。なんといってもいちばん楽しいのは、カップケーキの生地にするときでした。手近にあるものは何でも入れて混ぜ合わせて作ったのです。

ペグおばさんの言うことを聞かないときには、息子たちは家に送り返され、戻って来ないようにと告げられました。でも、そんな警告はすぐに忘れられました。ある日、四歳の末っ子がペグに口答えをしたことがありました。ペグは私を呼びつけて文句を言いました。すると、私がペグの家から去ると、末っ子が戻って来て、ペグをなじったのです。「よくもまあ、ぼくの母さんにそんなことを言ったね」。あまりに愉快だったため、ペグおばさんは、その夜私に報告に来たのでした。「あの子が急いで戻って来て、あたしをなじったんだよ」。

その息子は想像力が豊かで、ほら話をでっちあげて、大人をかつぐことがよくありました。ある日の夕方、ペグの居間に駆けこんできてこう叫んだのです。「メイジーが死んだ！」。メイジーというのは年老いた隣人で、数軒先に住んでいました。末っ子は、お店に来る前にメイジーの家の前を通っていました。だから、メイジーが元気でぴんぴんしていることは十分承知していたのです。このショッキングな知らせを聞いてペグがどんな反応を示すのか、見たかったのでした。すぐ後で本当のことを知ったペグは、数日のあいだ末っ子が家に来るのを禁じました。姿を見せたら、ひっぱたくと告げたのです。けれどもしばらくして、その子は許されたのでした。ペグは、メイジーが突然死したことを本人に話しました。

そして、ふたりで大笑いしたのでした。

ペグおばさんとジャッキーおじさんは、クロスヘイブンの丘の上に、湾を臨むささやかな古家を持っていました。息子たちがお行儀よくしていれば、ジャッキーのクラシックミニでそこへ連れて行ってもらえました。あるいはまた、バスでコークまで行き、そこからは二階建てバスに乗ってクロスへイブンに行くこともありました。これは、ぜいたくなご褒美でした。息子たちそれぞれが初めて二階建てバスに乗って大いに喜び、それが忘れられない思い出になっています。

ジャッキーおじさんが突然亡くなると、ペグおばさんは嘆き悲しみました。ペグはひとりで眠ったことがなかったので、私の息子たちが順番にペグの寝室に泊まりに行きました。とはいえ、泊まりに行っていたのは、たいていは十歳の三男でした。ペグおばさんの寝室はまるで修道院のようでした。聖母マリアの大きな像から色彩鮮やかなプラハの幼子イエス像[*1]まで、様々な像がありました。また、壁に掛けられた絵画には、天使のような聖テレーズ・ド・リジュー[*2]がバラの花を抱えた姿が描かれていたり、ひどく思い悩んだ表情の聖人の肖像画だったり、いろいろでした。

＊1　チェコ共和国の首都プラハにある同名の像を模したもの。美しい色彩の豪華な衣装を身につけている。

＊2　一八七三〜九七。フランスのカルメル会修道女でカトリック教会の聖人。

夜には、息子はペグと一緒にロザリオの祈りを唱え、三〇日間の祈りも教えてもらいました。私は、ナナ・バリドゥエインにお祈りを教わったことを思い出しました。ペグおばさんも、ナナ・バリドゥエインと同様に信心深く、アイルランド共和主義[*1]を信じていました。それで数ケ月のうちに、息子はパトリック・ピアース[*2]とアッシジの聖フランシスコ[*2]のミックスみたいになってしまいました。共和主義を支持していたというのに、ペグが親友と一緒にロンドンに遊びに行ったことがありました。アイルランドにまだテレビが普及していなかった頃のことで、ふたりはイギリスで放映される、エリザベス女王とフィリップ殿下のロイヤルウェディングを見に行ったのです。本当に、矛盾していますよね！　まったくペグおばさんは、優雅な暮らしや華やかな場所が大好きだったのです。

＊1　イギリスの一部である北アイルランドをイギリスから分離して、アイルランド共和国に統一させようとする主張。
＊2　一八七九〜一九一六。アイルランドの教育家であり詩人。一九一六年にイギリスからの独立を求めて起こした復活祭蜂起で中心人物として活動。イギリス軍に捕らえられ、処刑された。アッシジの聖フランシスコ（一一八二〜一二二六）は、フランチェスコ会を創設したカトリックの修道士。

ペグおばさんが亡くなるまでの数か月間、十歳の息子と八十歳のペグは、なんだか変わったことを話し合っていたようでした。自分が死んだら、どのロザリオの数珠をどういう具合に手に握らせて欲しいのか、ペグは息子に言い聞かせていたのです。ある日学校から戻り、ペグが亡くなったことを聞いた息子は、私が握らせていた数珠をペグの手から離し、教えられたとおりに握らせ直しました。

ペグおばさんが亡くなったとき、四人の息子たちは十六歳、十三歳、十歳、七歳でした。ペグは、息子たちの子ども時代に、興味深い彩りを添えてくれました。今もひとりひとりが、ペグおばさんとの様々な思い出を胸に抱いています。たったひとつ、おばさんが残念がっていたのは、私たち夫婦に女の子がいないことでした。それが、ペグが亡くなって一年もしないうちに、私は娘を産んだのです。ペグおばさんのとりなしがあったのだと思います。

10 階上のお方

その人は、温かくて優しいナナというイメージから、かけ離れた人でした。わが家の二階にある、一戸分のささやかなアパート（わざと大げさに「西の棟」と呼んでいました）に住んでいた一〇年の間、その人が孫の自慢話を口にすることもなければ、孫について話題にしたことさえありませんでした。ミセスCはまた、誰の孫にも興味がなく、たとえそれが、いとこなどの親戚の孫であっても、まったく無関心なのでした。ある日の午後、ミセスCが長い間会っていなかった、同年代のいとこが訪ねて来たとき、私はその事実に気づきました。ふたりは、アイルランド西部で一緒に育ったのです。何十年ぶりの再会では、孫の話が話題の大半を占めるのではないか、そう思うのが普通でしょう。けれどもふたりの女性は、大きく異なる生活を送ってきたのでした。

派手な格好をしたいとこは、アメリカで長い間生活していました。この日、たっぷりとした服をなびかせ、大きなハンドバッグを抱えてどたどたとやってきました。一方、うちの二階で暮らしているミセスCは、人生の大半をフランスで過ごし、あのミセス・シンプソン*を思い起こさせるような容姿でした。鉛筆のようにほっそりとしてエレガント、「洗練」という言葉がぴったりです。それでいて、辛辣な皮肉屋でした。いとこがあえぎあえぎ階上へ上っていくと、ミセスCは頬によそよそしくキスをしました。するといとこは、端正で繊細な造りの、およそ坐り心地がいいとは思えないフランス製の肘掛け椅子に、どさりと倒れ込むように腰かけたのです。まったく対照的なふたりの女性の再会はどんな風だったのか、また、ふたりはどのように午後を過ごしたのか、私は気になっていました。

* ウォリス・シンプソン（一八九六〜一九八六）。英国王エドワード八世が王位を捨てて結婚した女性。

その晩、わが家の騒々しい区域（つまり一階の私たち）が静まって落ち着いたあと、私はミセスCに会いに西の棟へ上がりました。「ミセスC、あの方との再会はどうでした?」私は尋ねました。「家族の話で盛り上がって、楽しい午後を過ごせたんじゃないかしら?」。「そうでもないわ」ミセスCは、平然と答えました。「ちょっとした見解の違いがあってね。でもそれを正したあとは、それなりに良かったわよ」。「どういうことです?」私は興味津々でした。

「あの女《ひと》はね」ミセスCはちょっとイラついた口調で話しはじめました。「あたくしの椅子にどすんと坐りこんだとたん、巨大なハンドバッグを開けて、中から取り出したのよ。髪の毛が生えていない赤ん坊の写真やら、卒業式で正装をした孫の写真やらを次から次へと。でね、あたくしに見せびらかすじゃない。そんな人たちに、あたくしが興味を持つと思って？だから、もうたくさんというところではっきりと言ってやったわ。『全部お片づけなさい。いっときますけどね、あなた。他人の孫の話ほど、退屈なものはないんですからね』」。長年会っていなかったいとこに対して、ミセスCがこのような態度を取ったと聞いても、私はちっとも驚きませんでした。いかにも、この人らしいと思ったのです。いちどミセスCが私に教えてくれたことがありました。「そうやって、がまんしていろんなことをするから、がまんしなくちゃならないことがどんどん増えていくのよ。人生ってそういうもの」。ミセスCは、嫌なことはがまんしないという行動方針を貫いていたのでした。

ミセスCは、まだ髪の毛のないような小さな赤ん坊を優しくあやしたり、かわいらしいと感激してみせたりする人ではありませんでした。赤ん坊が、自分の親戚だったとしても、他人の子どもだったとしても、それは変わりませんでした。あるとき、赤ん坊を産んだばかりの若い隣人が、ミセスCにその子を見せに来たことがありました。それが礼儀だと思ったからです。のちに、この若い母親は、意味ありげに笑って、私にこう言いました。「うちの子をちらりと見ただけよ。ミセスCですもの、優しく声をかけたり、頭をなでたりするはずないわよね！」

ミセスCは、アイルランド西部のビッグ・ハウス[*1]に生まれ、人生のほとんどをイギリスとフランスで過ごしました。それが、人生最後の一〇年をうちのアパートで過ごし、わが家に『毒薬と老嬢』[*2]のような雰囲気をもたらしたのです。息子のひとりが冗談めかして「西の棟」と名づけた、わが家の二階にあるささやかなアパートは、その名が想像させる広々とした空間とはかけ離れた大きさでした。その狭いアパートでミセスCは、うちの腕白小僧たちに礼儀作法を教え込もうとしました。マナーが悪い人間に耐えられなかったからです。

＊1　アングロ・アイリッシュ（イングランド系アイルランド人）の上流階級が住んでいた邸宅の総称。
＊2　一九三九年にジョセフ・ケッセルリングが発表した戯曲で、ブロードウェイで上演されて大ヒットし、映画化もされた。上品な老姉妹が、身寄りのないお年寄りを次々に殺害し、自宅の地下室に埋めていたというブラックコメディ。

七十代後半のミセスCが息子たちの人生に登場したのは、上のふたりの息子がローティーンで、下がティーンになる前のことでした。それぞれに扱いが難しい年齢でした。それでも、うちのアパートに住んでいる間に、ミセスCはだんだんと息子たちの「階上のおばあちゃん」的存在になっていきました。もっとも、「おばあちゃん」だなんて、本人は嫌がったでしょうけれど。ミセスCとナナ・バリドゥエインの政治的見解は正反対でしたが、ふたりは同じ種類の女性でした。非常に厳格で、しかも強情だったのです。そのため、ときに人間関係がうまくいかなくなることもありました。

ミセスCのアパートにいる間、私の息子たちは、指示されたとおりに動くよう求められました。ミセスCは若者や子どもと一緒にいることを好み、会話を楽しみました。だから子どもたちに、世界の最新ニュースに常に注目するよう要求しました。『タイムズ』[*1]と『デイリー・メール』[*1]を購読していて、ジャーナリズムの衰退をひどく嫌がり、特に「夏枯れどき」は最悪だと嘆きました。子どもたちと過ごすことが好きなわりに、ミセスCは忍耐力という美徳を持ち合わせてはいませんでした。『ダウントン・アビー』[*2]に登場する先代グランサム伯爵夫人のように、ミセスCが手厳しい言葉を浴びせるたびに、息子たちは背筋をしゃんと伸ばすのでした。

＊1　イギリスの日刊新聞。『デイリー・メール』はイギリスのタブロイド紙。「夏枯れどき」は、政治的なニュースがないため、新聞がつまらない記事ばかりになる時期のこと。夏に多い。

＊2　二〇一〇年〜一五年に放映されたイギリスのテレビドラマ。伯爵一家とその使用人たちの暮らしぶりを描く。日本ではスター・チャンネルおよびNHKで放映された。

トランプの「レーシングデーモン」は、ふたりで行う「ソリティア」ですが、ミセスCはこのゲームを息子たちに教えてくれました。教えてくれる時間をミセスCが指定し、息子たちは学校とお店の手伝いの合間に時間をひねり出していました。ミセスCとの約束は、何時であろうが「時間厳守」が絶対でした。時間を指定すると、その時刻きっかりに来ることを求めたのです。あるとき、「ブリッジ」を教えてもらうことになり、息子たちは午後八時に西の棟に来るようにと告げられました。息子たちが八時五分前に行ったところ、すぐさま階下に返され、約束の時刻ちょうどに出直してくるよう告げられたのでした。それから数日後、「よし、これでブリッジがわかったぞ」息子のひとりが、うかつにも口走ってしまいました。すると、ミセスCにぴしゃりと言われたのです。「ちょっとあなた、ブリッジがわかったなんて、ありえないわよ。何度プレイしたって、学ぶことばかりなんですからね」

ミセスCは、人はいつなんどきでも品行方正であるべきだと力説しました。そしてまた、社交の場には積極的に参加して、楽しい話題を提供するなど、人に喜ばれることをすべきだと言い張りました。子どもに対して、なんと立派な教えでしょう。でも、自分には悪習が三つあることも認めていました。ウィスキー・オンザロック、ダークチョコレート、それにシルクカットたばこをたしなんだのです。そして「どれもやめときなさいよ」と言いました。ミセスCが旅行でしばらく留守にしていることがあると、いちばんかわいがってもらってい た息子が、白い塗料の入ったバケツを抱えて西の棟へ行きました。それで、部屋の壁にこびりついているニコチンの黄色い跡を塗料で隠したのです。

ミセスCは世界の国々へ長期旅行に出かけることがありました。最後の旅行はロシアで、現地で訪れるつもりの美術館を厳選していました。すると、ある友人に言われたのです。「その年で無謀なことはしない方がいいわよ。アイルランドから遠く離れた場所で、死んじゃったらどうするの」。するとミセスCは、冷ややかな言葉で友人の抗議をはねつけたのでした。「もちろん、ロシアでもアイルランドでも、人は死ぬでしょうとも」。

最後の旅立ちを迎えたとき、ミセスCは私たちの手を煩わせることなく、静かに息を引き取りました。そうして「階下の孫たち」のために一〇年間行ってくれたトレーニング（正しい振る舞い、トランプの遊び方、仲間意識を築く方法、人との付き合い方）に、終止符を打ったのでした。

11　途中の家

その人は、誰のナナでもない人でした。それでも、村人の多くがナナと呼んでいました。ナナは「ソップの道」に住んでいました（ソップとは干し草やわらのひと握りという意味です）。道の名が付けられた時期は、両側に茅葺き屋根のささやかな家が並んでいた、ジャガイモ飢饉*の前までさかのぼります。少しカーブしたその道は、今では緑豊かで閑静な場所となっています。イニシャノンの東の端にあり、少し先へ進むと、村はずれの幹線道路に出ます。ナナの時代（一九五〇、六〇年代）には、小道にはナナの家とあと一軒建っていただけでしたが、現在は三十軒以上の家が建ち並び、大きな庭つきの家もあります。ナナが亡くなったのも、ナナのささやかな家がなくなったのも、ずいぶん昔のことですが、夕方その道を歩いているとナナを思い出します。私の若い友人、ショーンとティミーにとって、彼女は本当のナナのような存在でした。

＊　一八四五年から数年間続いた飢饉。ジャガイモの不作が原因で、百万人が餓死または

病死し、推計二百万人が国外へ移住したといわれる。

私は一九六〇年代はじめに結婚してイニシャノンに越してきたのですが、村の生活のリズムに慣れるのに数年かかりました。私が村の暮らしに慣れることができたのは、意外にも、村はずれに住むこのふたりの少年のおかげでした。小さな村で暮らしているとよくあることですが、私たちは偶然に出会い、家族のように仲良くなったのです。兄弟の母親は若くして亡くなっていました。一方で村に来たばかりの私は、どうふるまったらいいかわかりませんでした。だから、私たちはお互いを必要としたのかもしれません。ショーンは八歳で、ティミーは六歳でした。元気で明るくておしゃべり好きなふたりの少年は、毎日私の家に来るようになりました。とても楽しい子どもたちで、しばらくして私の長男が生まれると、子守をしてくれるようになりました。

午後になると、ショーンとティミーはうちにやってきました。私は長男に、真新しいベビー服を着せていました（どこのお宅でも、最初の子とはそういうものです）。あるとき、ふたりは長男を、これまた新品でピカピカのベビーカーに乗せて散歩に連れて行ってくれました。ところが、数時間後に戻ってくると、身ぎれいにしていた息子が、驚くべき変身を遂げていたのです。一点のしみもない青と白のベビー服と真新しいベビーカーが、濃淡の異なる茶色と灰色で彩られていて、その上、真っ黒なすすで汚れていたのです。三人はナナの家を訪れていたのでした。そして、楽しい時間を過ごしてきたのです。

ショーンとティミー、それに少年たちの父親は、ナナの家をよく訪れていました。「ソップの道」を通ってナナの家に入り、声をかけました。玄関の戸は開けっ放しで、古びた大きな暖炉の前にある自在かぎには、鋳鉄のやかんが掛けられていました。暖炉の火のすぐ脇に腰掛けることができるようになっていて、上の煙突をのぞくと空が見えました。ナナはいつもの椅子に坐っていました。古い車の座席を利用したものでした。当時は廃材を利用することがよくあったのです。ナナは少年のひとりに頼みました。「ユーを沸かしてチャーを入れておくれ」。ナナはきちんとした英語もアイルランド語も話さず、ふたつの言葉をちゃんぽんにして使いました。それで、アイルランド語だけを話す人々は混乱してしまうほどでした。ナナはまた、英語とアイルランド語の罵り言葉をごちゃまぜにして使いました。ナナがショーンとティミーの家を訪れていたときのことです。ナナがよく使っていた罵り言葉を、幼いティミーがみんなの前で口にしました。するとナナは、部屋にいた人たちに向かって涼しい顔で言ったのです。「おんや、この小僧っ子め、んな汚い言葉、どこで覚えてきたかね？」

ナナはウッドバインたばこを常に吸っていました。フィルター部分のない強いたばこです。ナナはこのたばこを、なくなりそうになる最後の最後まで吸いました。指ではさんでいることができなくなって、たばこが燃えてなくなるくらいまで吸ったのです。たばこに火をつけるのにマッチを使ったことはありません。身をかがめ、赤々と燃える石炭や薪を指で拾い上げ、それで火をつけるのです。それからアイルランド語の罵り言葉を長々と並べつつ、燃えさしを火の中に放り投げました。ナナは驚くほど熱さに強く、自在かぎに掛けられて、暖炉の火の上でぐつぐつ煮立っている真っ黒な鉄鍋の中から、ジャガイモをひとつ串で刺して取り出し、赤く輝く炭の上に置いて、二、三分待ってから素手で拾い上げました。それをすぐさまおいしそうに食べるのです。ナナのような丈夫な指先を持っていれば、ナイフもフォークもいらないというものです。

ナナは小柄でずんぐりとしていて、黒髪に浅黒い肌の老婆でした。歩くときは、足を地面にずるずる引きずって進みました。たぶんこれは、履いていたブーツが大きすぎるからでした。小さくて足にぴったりフィットする靴より、大きいブーツの方が、ナナの足には優しかったのです。真っ黒な長いワンピースを着て、その上に、体を包み込むような大きな前掛けを付けていました。あの頃は、年配の女性はみんなそういう服装をしていたのです。オールドヘッド・オブ・キンセール岬にある村で生まれ育ち、子どもの頃の海辺での暮らしを、「孫たち」（ショーンとティミー）に話して聞かせるのが大好きでした。

「孫たち」にとって最も印象に残っているのは、一九一五年に沈没したルシタニア号の話でした。この事故でおよそ千二百人が亡くなったのでした。ルシタニア号はイギリスの客船で、ニューヨークからリバプールへ向かうあいだ、オールドヘッド岬の沖合で魚雷攻撃を受けたのです。八百人の生存者が海岸にたどり着き、その後、当時クイーンズタウンと呼ばれていた現在のコーブの町へ運ばれました。この大惨事は、近くの海岸沿いに暮らす人々の心にいつまでも残り続ける記憶となりました。ナナによれば、岬の周りを流れる満ち潮に乗って、様々な物が浜辺に流れ着いたといいます。地元の男たちの中には、波間に浮かぶ品物を引き上げるために、危険を承知で小舟に乗って沖合に出ていく者もいました。加工肉などの食料がどっさり引き上げられたことを、ナナはよく覚えていました。地元の人々にはなじみのない食べ物もありましたが、この食料のおかげで村の人々は何か月も食べていくことができたのです。

春になると、ナナはふたりの少年を呼び、セイヨウイラクサを集めさせました。セイヨウイラクサをぐつぐつ煮立てると、どんな症状にも効く治療薬になるというのでした。ナナは少年たちに、芽吹いたばかりのイラクサと古いイラクサとの見分け方を教えました。芽吹いたばかりの新しいイラクサは触れても痛くないと言い聞かせましたが、イラクサを摘んで小さな缶に入れていく間、ナナの説明とは裏腹に、ふたりは何度も痛い思いをしたのです！　また次の機会にイラクサを摘むようにとナナに頼まれると、ふたりは少々渋りました。それでもナナは、こう言って無理やりやらせたのでした。「先週は、ちぃともチクチクせんかったろう」。少年たちはしぶしぶイラクサを摘み、春の間ずっと、みんなでイラクサを食べたのでした。

これからイニシャノンへ向かう者も、イニシャノンから来る者も、ナナは喜んで迎え入れました。日中は、村で用事を済ませた年配のご婦人たちが自宅へ帰る途中で立ち寄り、お茶とおしゃべりを楽しんでいきました。ご婦人たちは、週に一度の買い出しで仕入れたものを携えていました。もう二、三マイル歩く前に、ナナの家でゆっくりと休憩するというわけです。夕方には殿方が立ち寄りました。昼間に来ていたご婦人の夫が訪ねてきたり、村に四軒あるパブのどれかへ向かう途中の独身男性が立ち寄ったりして、地元の話やら海の向こうで起こっていることやら、いろいろ話していきました。毎年何度か、旅回りの男がやってきて、ナナの家の隣に立つ小屋で寝泊まりしました。そのあいだ男は村の家々を訪ねて、鍋やフライパンやバケツの修理をしていました。「鋳掛屋《いかけや》」と呼ばれていて、あの頃の暮らしには欠かせない仕事人でした。

晩年、ナナは病を患い、コークのセント・フィンバー病院に入院しました。ショーンがお見舞いに行くことになりました。病室に到着したショーンは、ベッドをひとつひとつ見て、ナナを探しました。すべてのベッドを確認し、これは部屋を間違ったか、あるいはナナはもう退院したのだと考えました。でも看護師に尋ねると、ナナは確かにその病室にいると言うのです。看護師がベッドを指さすと、それはさっきすでに確認したベッドでした。そこにはショーンが見たことのない老婆がスヤスヤと眠っていました。輝くような銀髪に天使のように美しい白い肌をした、ぴかぴかの老婦人です。ふと目を覚ましたその人が、アイルランド語でショーンにぺらぺらと話しかけると、ああこの人がイニシャノンのナナだ、ショーンはようやく気づいたのでした。

その数日後、ショーンとティミーに、そしてまた、何十年ものあいだ、イニシャノンに向かう途中に立つナナの家を訪れ、その人をナナと呼んで親しんだ多くの人々に楽しい思い出を残して、ナナは亡くなったのでした。

分厚くて重いガラス瓶。J・ウォルシュ＆カンパニー、バンドン。E・ケイズ＆サンズ、
コークとエンボス加工が施されています。

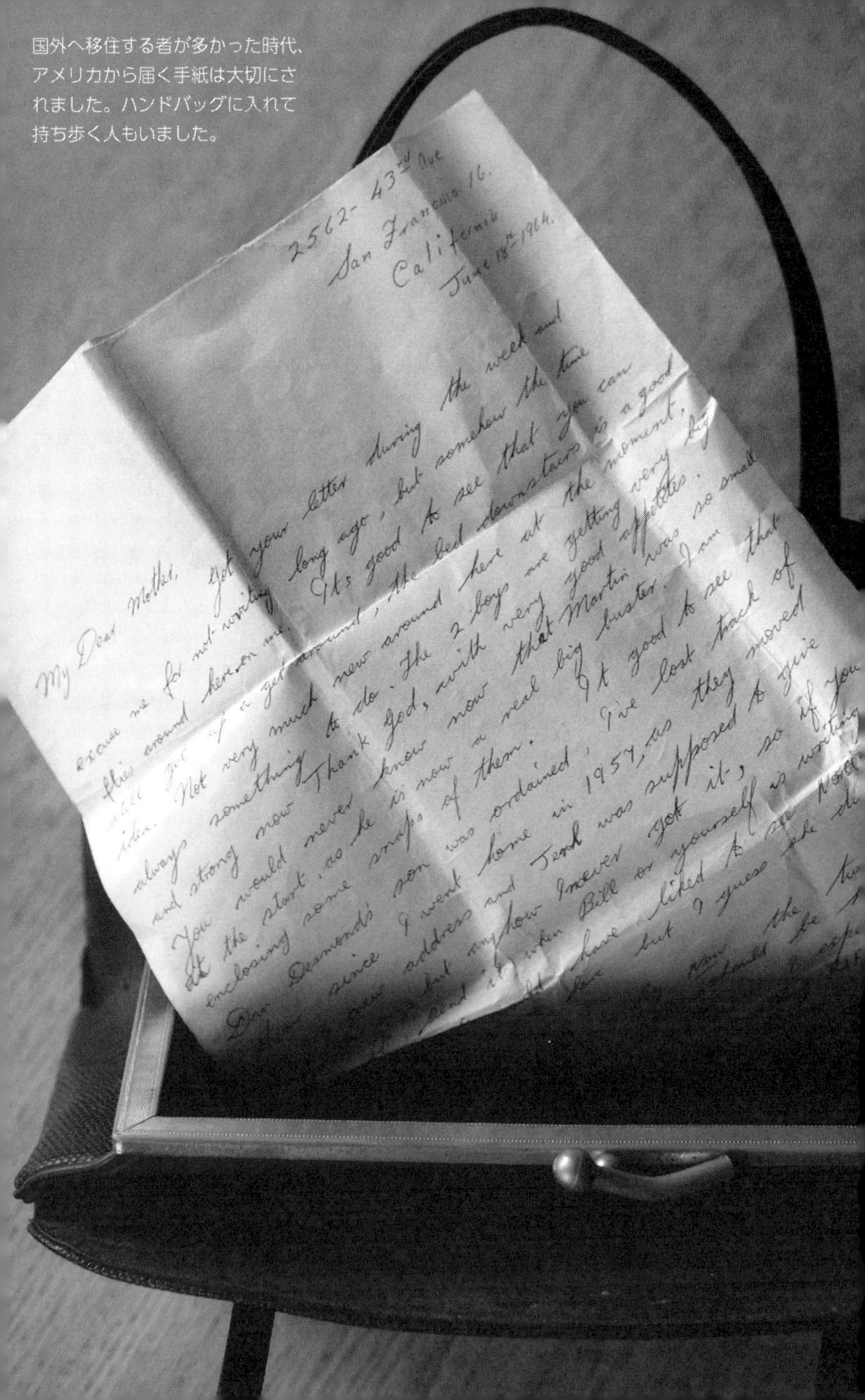

国外へ移住する者が多かった時代、アメリカから届く手紙は大切にされました。ハンドバッグに入れて持ち歩く人もいました。

多くの家庭に聖母像がありました。
5月祭には祭壇をしつらえ、そこに聖母像を飾りました。

古いゲール文字はこんなに美しいのです。
これは、イニシャノンのうちの店に飾られていたものです。

これはペグおばさんの古い祈禱書です。古い祈禱書を開くと、
たいてい、持ち主が好きだった祈りの言葉を印刷したカードや
故人を偲ぶメモリアルカードがたくさん挟み込まれていました。

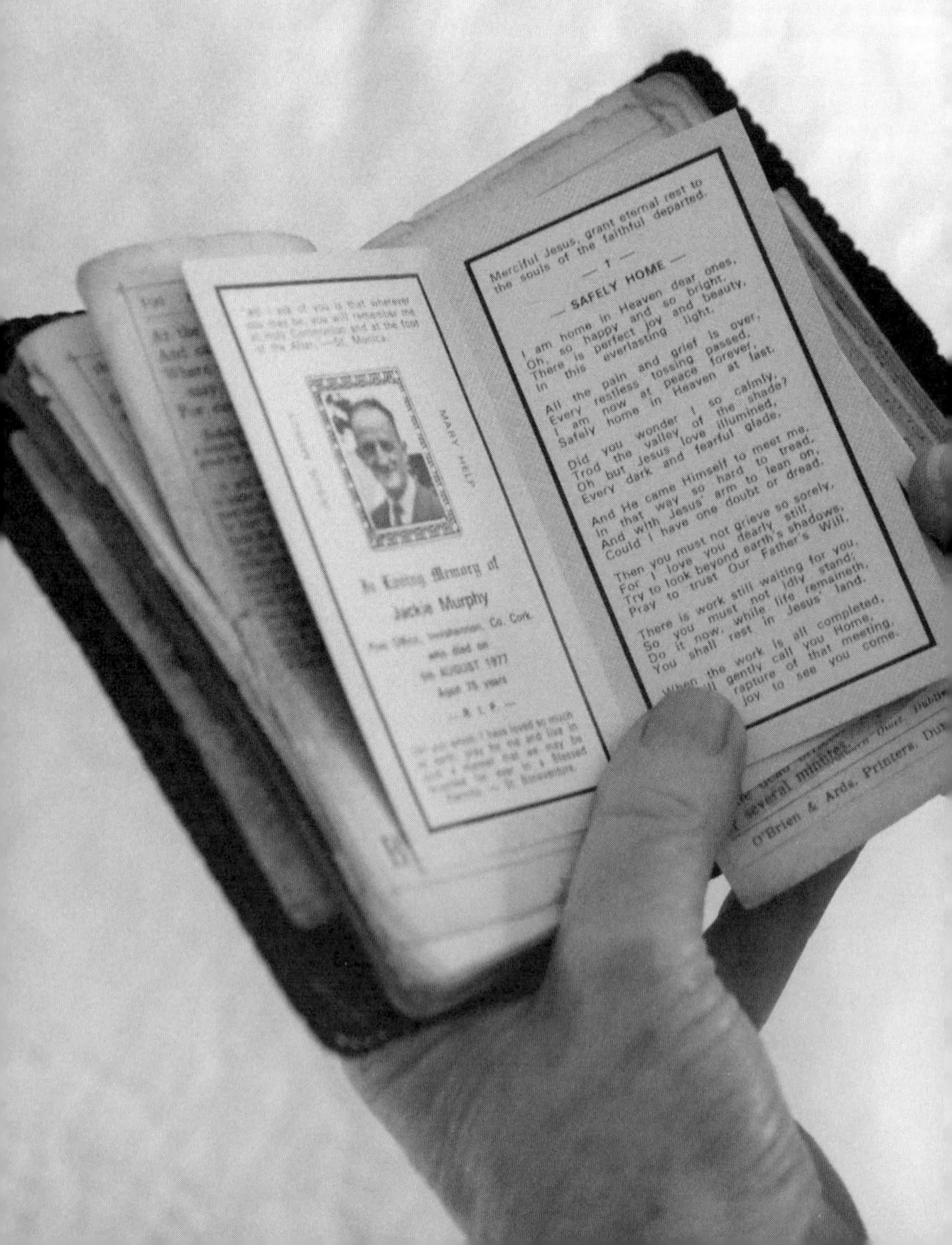

この古い置時計は、15分ごとに美しい旋律のチャイムを鳴らします。

かつてはパイプでタバコを吸うのが一般的で、パイプタバコは素晴らしいと勧める広告もよく見かけました。これは、うちの店に掲げられていたものです。

母が寝室に置いていた、
ほうろうの石鹸入れ。

第四章　現代のナナ

12　ナナ・テレサ

さあ次は、私の世代の番です。

私たちのナナは、深い信仰と自然界への敬意、家族や親戚の大切さを、若い世代に伝えようとしてきました。神の存在を心から信じていたからこそ、つらい時代を持ちこたえることができたのです。自然を大切にする気持ちが、環境を守ることにつながりました。そして、国内外の親戚と連絡を取り続けたことで、一族の結びつきを保つことができました。ナナたちは、そういうものを残してくれたのです。私たちがのちの世代に残すことができるものは何でしょうか。

姉のテレサは若くしておばあちゃんになり、うちの一族における祖母という存在の役割を完全にくつがえしてしまいました。ペグ・セイヤーズのように暖炉脇にどっしりと腰を据えたナナとはかけ離れていたからです。テレサは自分の娘の子どもたちにとって、スーパー・ナナでした。その活動的な様子は、母ではなくナナ・バリドゥエインに似ていました。エネルギーの塊で、何ごとにも素早く決断をくだします。「私のやり方に、文句をつけるんじゃあないよ」というタイプのナナだということが、孫たちにもわかっていました。

ナナが運転する緑色のスターレットには、トランクにゴルフクラブや園芸用の培養土、乳母車が積んでありましたが、それで孫たちをどこへでも連れて行きました。小石がザザッーと音をたて、タイヤがこげるようなにおいがすると、孫たちにはナナが到着したのだとわかります。孫たちを迎えに来てタイヤを空転させるほどのスピードで出て行き、学校へ送り届けます。夕方には、焦げたクラッチのにおいをさせて学校へ迎えに行きました。いつも大急ぎで動き回っていたのです。

子どもたちが学校から帰ると、温かい夕飯を作って食べさせました。デザートには、たっぷりと砂糖を入れた、ほかほかで濃厚でクリーミーなカスタードを出しました。孫たちはこれが大好きでしたが、夕飯を残さず食べてしまうまではお預けでした。子どもたちが風邪をひいて学校を休めば世話をし、食べなれた気持ちの落ち着く料理を作って食べさせました。孫たちはミルク粥が大好きでした。鍋に米と牛乳を入れて作りますが、できあがった温かいお粥に黒イチゴのジャムを混ぜることもありました。子どもたちはパンディも大好きでした。マッシュポテトにバターをひと塊と塩、玉ねぎを混ぜたものです。これに刻んだキャベツを混ぜて、コルカノンを作ることもありました。ナナは超現代的でしたが、このような昔ながらの食べ物を作ることもあったのです。夏になると、子どもたちはゼリーを食べさせてもらいました。ナナの冷蔵庫にはゼリーがどっさり入っていて、冷凍室にはアイスクリームもたくさんあったのです。

孫の両親は共働きだったため、ナナが子どもの世話をしていました。ナナは常に前向きでとてもエネルギッシュで、何でも即断即決しました。あるとき、子どもたちが学校から帰ると、家の中がすっかり変わってしまっていました。ナナが大掃除をする気になったのです。子どもたちは、ミスター・マッスル*に迎えられ、家の中には家具の磨き粉のにおいがし、暖炉の火は赤々と燃え、台所の調理台はぴかぴかで、床はモップ掛けが済んでいて、窓ガラスも磨き上げられていました。「ナナほど上手にお掃除する人はいないね！」孫たちはそう信じていました。ナナがあらゆるものをきれいに磨き上げると、いつもの日が特別な日に感じられるのでした。

＊ 家庭用強力洗剤。ボトルに筋肉隆々の男性が描かれている。ここでは、この洗剤が家の中に置いてあったことを意味している。

両親が仕事から帰宅すると、家の様子ががらりと一変していることがよくありました。朝、地味な茶色いドアをバタンと閉めて自宅を出たのが、夕方帰ってくると、陽気な黄色いドアが迎えてくれました。寝室のくたびれたカーペットがなくなって、床に色が塗られていたり、庭にあったテーブルが家の中に運び込まれて、子どもたちが宿題をする机に変身していたりするのです。

カーテンが古くなっていれば、ナナは地元の布屋へ行って布を買ってきます。自宅のミシンで作業をし、夕方までには真新しいカーテンが完成し、窓辺に掛けられているのです。ナナはシンガーミシンを自在に使いこなすことができるのです。ナナなら麻のジャガイモ袋でさえパーティ用のドレスに作り替えることができる、孫たちはそう思っていました。確かに、その通りだったのです。ナナは裁縫の達人で、あらゆるものを難なく作ってしまうのでした。夏の暑い日がくるとわかると、瞬く間に孫たちの長ズボンをちょきんと切り、ミシンで上手に裾の始末をして、短パンに作り替えました。

ナナがした模様替えを見て、孫たちがちょっととまどうこともありました。両親があまり喜ばないだろうなとわかるときです。でも、ふとそう思ったときには、ナナはもう、ブレーキをキーッと鳴らし砂利の音を響かせて帰ってしまっていました。ナナは自分がしたことに対する反対意見を受け入れませんでした。何事にも全力で取り組んでいたからです。

あるとき孫たちが、地元で開催された五歳児から七歳児向けのサマーキャンプに参加しました。最終日には一大イベントとして仮装パレードが行われることになっていました。ナナは、待ってましたとばかり腕を振るうことになりました。ナナはパレードの前日に、様々な布を持ってやってきました。ヒョウ柄のフェイク毛皮、シフォン生地、メッシュ生地、それに光沢のあるきれいな赤いリボン。その晩、子どもたちがいろいろな活動を楽しんでいる間、ナナは孫たちのため、それに、孫の友達のために、せっせと衣装を作っていました。二、三時間もすると、子どもたちはフレッド・フリントストーン*やミス・マリーゴールド*、そのほかのものに変身していました。赤いリボンの付いた愛らしいボンネットにメッシュの上衣とスカートという姿の子もいて、くるくる回るとスカートがひらひら揺れました。そこにフレッド・フリントストーンが、動物の毛皮の帽子にヒョウ柄の上着というないでたちで出てきました。いつものごとく、ナナは魔法を使ったのです。翌日、子どもたちはたくさんの賞をもらって喜んで帰ってきました。ナナも大いに満足したのでした。

＊ アメリカのテレビアニメ『原始家族フリントストーン』の主人公の原始人。ミス・マリーゴールドは子ども向けテレビ番組『ブルーズ・クルーズ』に登場する幼稚園の先生。

ナナが口にする言葉で、孫たちが大好きなのは「ミステリーツアー」でした。ミステリーツアーでは、孫たちをどこかへ連れて行くのですが、どこへ行きつくことになるのか子どもたちは想像力をはたらかせ、期待に胸を膨らませたものでした。ミルストリート・カウンティ・パークに行って大喜びし、ときにはさらに遠いキラーニーまで連れて行ってもらうこともありました。あるミステリーツアーではリサイクル店前に到着しました。店内に何があるのかと、子どもたちはもう興奮状態です。ナナが店の外に停車すると、喜び勇んで車から飛び出しました。はやる気持ちを抑えられず、ナナを車の中に残したまま、店の中に駆けこんだのです。

そのとき突然、店の外で何かがガシャーンとぶつかり、ガラスが割れる音が聞こえました。子どもたちが驚いて店の外に出ると、ガラスが粉々に散っていて、激怒した男性が大声を上げています。開いていたナナの車のドアに、横を通り過ぎようとしたトラックがぶつかったのでした。ナナが死んじゃった！　そう思った子どもたちは男性に向かって叫びました。「ナナは死んだの？　死んじゃったの？」。ちょうどそのとき、事故現場から無傷で立ち去るジェームズ・ボンドよろしく、ナナが平然と車から出てきて、砕け散ったガラスの破片の中に降り立ちました。そしてすぐに、泣き叫ぶ子どもたちのもとに来て、大丈夫だと言い聞かせたのです。幸い、リサイクル店の隣はお菓子屋でした。ナナのゴルフ仲間である店主は、子どもたちにお菓子をたくさん与えて落ち着かせてくれました。その後、ナナの車はドアを新しく付け替えました。もとのドアより少々濃い色でしたが、ナナの緑色の車に、他にはない素敵な特徴を添えることになっただけでした。

ナナの生きがいはガーデニングで、上手に行うコツは「シャベルを使い続けること」だと孫たちに言い聞かせ、たびたび手伝いをさせました。ナナは植物を大切に育てることもしましたが、掘り起こして別の場所に植え替えることもしょっちゅうしていました。バラの花壇を庭の片隅から反対側へと移動させたこともあります。孫たちはしぶしぶ手伝っていました。子どもたちの協力を求めるには、賄賂を使ったり脅したりすると良い、ナナはそう考えていました。確かに、そういう方法は効果がありますよね！　ナナにとっては億劫な作業などなく、始めてしまえば必ず終わりました。もしナナが終わらせなかったとしても、庭が散らかっているのを見るに堪えないと感じた人間が終わらせたのです。

孫たちにとっては、いつもかっこよくて素敵な自慢のナナでした。今も孫たちには大きな存在であり、年寄りだと軽んじられることなどありません。ナナはどんな状況においても、常に前向きな人です。ナナ・バリドゥエインと同様、私の姉はとてもアクティブなのです。たぶん、ナナ・バリドゥエインと同じことが姉にも言えるのでしょう。「他におもねることをせず、援助は惜しまない」。つまり、一族の遺伝子は生き続けているのです。姉が孫たちに伝えようとしていることは「自分ができると思えば、何でもできる」ということです。後の世代に伝える言葉としては、なかなかいいですよね。

13　愛に包まれて

姉テレサには他にも孫がいます。孫のテレサとトーマスは、長年にわたり、ふたりの祖母と共に時間を過ごすという幸運に恵まれました。ふたりの祖母はタイプがまったく違っていて、孫たちの人生に異なる役割を果たしました。母方の祖母ナナ・テレサは、孫たちをぼんやりさせておかない人で、常に新しいことに挑戦させました。一方で父方の祖母グラニー・コリンズは、孫たちに盲目的な愛情を注ぎました。何をしてもグラニーには叱られない、孫たちがそう思っていたほどです。

孫のテレサが覚えている、グラニー・コリンズのいちばん最初の記憶は、グラニーに髪をとかしてもらったことです。グラニーがテレサの髪をとかすのが好きだということが、テレサにもよくわかりました。テレサによく言い聞かせていたからです。「とってもきれいな髪よ。いつも長くしていてね」。でもあるとき、近所の床屋がいつも通りの「一インチ（二・五四センチ）」より余計に髪を切ってしまいました。すると幼いテレサは、誰にも姿を見られたくないとソファの後ろに隠れてしまったのです。それに、一週間もの間、帽子をかぶって学校に通うことになりました。テレサのきれいな髪を、もう二度とこんなに短く切らせないから。グラニーはそう約束したのでした。六歳のテレサは、この約束を真剣にとらえました。それでテレサの髪は、生まれてこの方、肩のラインより短くなったことはありません。

グラニーとその息子のトーマスおじさんは、一週間おきの日曜日の夜に、テレサの家にやって来ました。子どもたちは、ふたりの到着をワクワクして待ちました。テレサはこのときのことを、明るい笑顔で私に話してくれました。グラニーとおじさんが訪ねてくる前、家の中がどんなに騒々しかったかを思い出したのです。テレサもトーマスもまだ時間がわからない年頃でしたが、それでもテレビ番組でだいたいの頃合いをみて、車のヘッドライトが見えるかどうか、交代で外を確認していました。午後六時のニュースが始まると、玄関のベルが今にも鳴るだろうと待ち構えていました。

テレサの話によれば、グラニーが到着すると、テレサと弟は抱きしめて欲しくて、すぐさま駆け寄って子犬のようにまとわりついたといいます。それからみんなで食卓の席について、いつもとは違う、ちょっと特別な夕食をいただきました。夕食には、必ずトーストが出ました。グラニーが大好きだったからです。焦げ付かないように注意して、食パンをグリルで焼きました。焼きあがったトーストが食卓の真ん中にどんどん重ねられていくと、台所中がトーストの香りで満たされました。トースターを買ってからも、テレサのうちではグリルを使ってトーストを焼いていました。トースターでは一度に二枚しか焼くことができず、それではぜんぜん足りないからです。グラニーが来ている間は、グリルとトースターをフル稼働させたものでした。

夕食を食べ終わると、洗い物をしました。グラニーが流しのそばの椅子に坐り、孫たちが洗った食器をていねいに拭きながら、隣人の話をするのが習慣でした。話を聞いていると、グラニーがどんな暮らしをしているのかよくわかり、テレサは聞いているのが楽しくて仕方ありませんでした。

グラニーは孫たちにいつも「ちょっとしたごちそう」を持ってきてくれました。バッグの中には炭酸入りオレンジジュースや、バターの容器いっぱいに詰められた、ミニサイズのチョコレートバーが入っていたのです。テレサとトーマスはまるまる一週間オレンジジュースを飲み続け、甘い糖分が体中を駆け巡る感じを楽しみました。子どもたちの健康を第一に考えている両親は、決して許してくれないとわかっていました。だから姉弟《きょうだい》は、両親には内緒にしていたのです。

テレサたちがグラニーの家を訪れて、楽しいときを過ごすこともありました。グラニーの家では、暖炉の上のいちばん目立つ場所に、写真立てに入れられたテレサとトーマスの写真が置いてありました。ふたりはそれを見るたびに、自分たちは特別な存在であり、とても愛されていると感じたものでした。

台所の奥の食器室には、いつも好奇心をかき立てられました。家の中だというのに、なんだか外にいるような気分になる、素敵だけど不思議な場所でした。棚の上の方に、宝物らしきものが入れられたビスケットの缶がいくつも並んでいました。そのビスケット缶に入っているものが、素晴らしい驚きをもたらしてくれたことが何度かありました。缶のひとつに、テレサの父親が幼い頃大好きだった、犬のねじ巻きおもちゃが入っていたことがあったのです。テレサとトーマスは台所の食卓の席につき、犬のおもちゃが足を動かして、食卓の端から端までとことこ歩いていくのを見て、キャッキャッと喜びました。おもちゃで遊ぶあいだ、カスタードクリームにチョコレート味のビスケットサンド、それに炭酸オレンジジュースをごちそうになるという、女王様のようなもてなしにあずかったのでした。

グラニーはテレサの父親の子ども時代を楽しげに語り、テレサとトーマスは喜んで聞き入りました。話を聞いていると、世代の違いを乗り越え、父親が子どもだった頃の世界へ入っていくことができました。子どもは、親の子ども時代の話を聞くのが大好きです。だから話してやることが、祖父母から孫への贈り物になるのです。

グラニーは、常に孫たちの味方でした。まるで違法行為に手を染めるかのように、こっそりと孫たちの手にお小遣いを握らせました。もちろん、テレサとトーマスは拒むことなく、いつも喜んで受け入れました。グラニーがこっそりとお小遣いをくれたのは、そのお金を両親がグラニーに返してしまうことのないようにという配慮だったのだと、今ではテレサにもよくわかります。グラニーからのお小遣いのおかげで、少しずつお金が貯まっていったのでふたりは大喜びで、さあ何に使おうかといろいろ考えたものでした。二〇〇〇年には、グラニーからもらったお小遣いをすべて蓄えて、プレイステーション2を買うという計画をもくろみました。そして目標額に到達したことが、ふたりには信じられませんでした。グラニーがそれほどの大金をくれたということでしたから！　ふたりがこの大きな買い物をした次の日曜日に、グラニーがやって来ました。テレサはグラニーの手を取って、もらったお小遣いで買ったものの前に案内しました。優しいグラニーは近くに腰を下ろすと、孫たちがゲームをして遊ぶのを興味深げに眺めていました。今振り返ると、グラニーとテレサたちの間には大きな世代の隔たりがあり、八十五歳のグラニーにはプレイステーションが何なのかさっぱりわからなかったのだろうと思います。けれども、「ああこれね、よく知っているわよ」というふりをしてくれたのです。そう考えると、テレサは微笑まずにはいられないのでした。

グラニーは、テレサの家から帰るとき、孫たちに言い聞かせたものでした。会えなくなる日がいつか来るのだから、心の準備をするように。でもテレサとトーマスには、そんな日が本当に来るとは思えませんでした。それが、二〇〇一年十一月十五日に、グラニー・コリンズは眠っている間に息を引き取ったのです。テレサにとって、親しい人を亡くしたのは、これが初めてでした。大好きなグラニーともう二度と話すことができないと気づき、大きなショックを受けました。その晩テレサの家族は、ニューチェスタウンにあるグラニーの家に駆け付けました。グラニーは湯たんぽを抱えてベッドに横たわっていて、まだ温かい状態でした。テレサには、それがありがたかったと言います。グラニーは、心地よく穏やかな状態に見えたのです。そんなグラニーを見ていると、死とはそれほど恐ろしいものではないと思えました。グラニーの順番が来たのです。グラニーはテレサたちを心から愛してくれました。二十年以上が過ぎた今でも、テレサはグラニーの愛を感じると言います。

肉体的な死は訪れるけれど、その人と培った関係は消えることはない、テレサはそう信じています。グラニーの死に直面し、テレサはそう学んだのでした。その後は、大事な試験を受けたり、面接に臨んだりするとき、グラニーのネックレスを身に付けていくようになりました。力を貸して欲しいとグラニーにお願いし、グラニーのおかげで乗り越えることができていると感じています。

グラニーはバッグの中に小さな十字架を入れていました。取り出してはテレサに握らせ、一緒に特別なお祈りを捧げたものでした。あれから長い年月が過ぎたというのに、テレサは今も、グラニーのお祈りの言葉を覚えています。

小さなメタルの十字架よ
ありきたりの十字架よ
でも　天の神だけはご存じです

私には　大切だということを…

テレサは何年もたってから、グラニーと一緒に過ごした時間がどれほど大切だったかに気づきました。あんなに素晴らしいグラニーが、自分の人生にいてくれて本当に幸運だったと思っています。かわいがってくれた孫が大人になった姿を、誇りに思っていて欲しいと願っています。

14　ちょっと、審判さん！

献身的なナナは誰かと考えると、義理の姉アグネスがすぐに思い浮かびます。本当に、子どもや孫たちを献身的に支えたナナでした。それは、いろいろなところに現れています。イニシャノンで毎年クリスマスに発行している『キャンドルライト』[*1]に載せる写真が、ある時期になると私の手元に集まってきます。ときどきその中に、地元のゲーリックフットボール[*2]チームやハーリングチームのずいぶんと古い写真があって、優勝トロフィーを囲むメンバーの中に、知らない顔が写っていることがあります。すると教区の人々に連絡を取って、知らない顔を特定できる人がいるかどうか、尋ねなくてはなりません。それができるのは、ゲーリック体育協会[*3]の地元のクラブに古くから意欲的に関わっている者で、試合結果をすべて覚えており、球が飛んだ方向まで記憶している人物です。ゲーリックスポーツにひたむきに取り組む者たち（たいていは男性）は、アイルランド中のどのクラブにもいます。私はそんな男性と結婚しました。私の夫の姉アグネスもまた、ゲーリックスポーツを熱烈に支持していて、わが村のクラブ、バレー・ローバーズの歴代のメンバーをよく知っていました。アグネスに尋ねれば、必ず全員の名前がわかります。まさに「あなたの心のあるところに、あなたの富もある」[*4]のです。アグネスはまた、スポーツ好きな孫たちが興味を持つだろうことは、何でも知っていました。

＊1　イニシャノンで毎年発行される郷土誌。著者アリス・テイラーは編集者のひとり。村の住民や村に関わりのある人々が記事を執筆する。昔の思い出やエッセイ、詩、物語、地元のスポーツクラブの対戦成績など、雑多な内容。写真を掲載する場合、写っている全員の名前を明記している。
＊2　アイルランド式フットボール。ハーリングは、アイルランド式ホッケー。
＊3　アイルランドの伝統的スポーツの統括と普及を目的とする団体。ゲーリックフットボール、ハーリング、カモーギー、ラウンダーズなどを扱っている。
＊4　『新約聖書』の「マタイによる福音書」第六章二十一節に「あなたの富のあるところに、あなたの心もあるのだ」とある。ここでは、これをもじっている。ここで富とは「自分自身にとって本当に大切なもの」という意味。

アグネスとスポーツとの関わりは、子どもの頃に始まりました。カモーギー[*]の優秀な選手だったアグネスは、地元の少年ハーリングチームにスカウトされました。女だとわからないようヘッドギアをつけて、決勝戦に出て欲しいというのでした。アグネスはやってみることにしました。しかし、あまりにも巧みで、しかも独特なテクニックでプレイしていたことで、相手チームに目をつけられ、誰かが審判に注意を促したことで、ついに見破られてししまったのでした。あっさりと交代させられましたが、珍しいケースであり、アグネスがどのルールに反則したのか審判も判断できず、悩むことになったのでした。

＊ 女性がプレイするアイルランド式ホッケー。ハーリングの女性版。

アグネスが現役を引退すると、同じくらい技術が高い娘と六人の息子が代わりにプレイするようになり、アグネスは観客席から応援することになりました。子どもたちのほとんどが教区内の相手と結婚して、そのまた子どもたちの多くがハーリングをするようになったので、孫だけでひとチームできるほどでした。アグネスは、孫のひとりひとりのサポートに力を注ぎました。試合で審判の判定が気に入らないと、遠慮なく異議を申し立てます。相手チームの反則をとがめず見逃すとは、審判として注意が足りないというのです。長年の試合経験を持つアグネスは、フリーパックの権利が与えられるのがいかに難しいか、また、どういう場合にサイドラインカットになるのか、よくわかっていました。審判がホイッスルを吹いてどちらのチームのボールか告げようとすると、観客席から指示を出すのです。「ローバーズのボールだよ」。アグネスはルールを細部にいたるまで知り尽くしていて、自分の考えを遠慮なく主張しました。しかも、それが常に正しいのです。

アグネスの興味の対象は、ゲーリック体育協会のスポーツの枠を超え、サッカーやラグビーにまで及んでいました。孫がサッカーやラグビーの試合に出場するとなると、どんなに遠い場所であっても必ず応援に行ったものでした。それでも、最初に好きになったゲーリックスポーツに、やはりいちばん熱を上げていて、試合を観戦するため、アイルランド中のスタジアムへ出かけて行きました。ゲーリックフットボールの全アイルランド決勝戦にも必ず出かけて行きました。根っから競争心が強いアグネスは、スリル満点の試合が大好きだったのですが、地元のコークチームが試合をしている間は、赤いユニフォーム（コークチーム）しか目に入りませんでした。

アグネスは、孫を精一杯サポートした祖母でした。あれほど深く孫を愛した理由は、おそらく、彼女自身の子ども時代にあるのだと思います。アグネスは幼い頃、母親を亡くしました。だから、母親や祖母が子どもの人生にどれほど大切か、痛いほどわかっていたのです。何年ものあいだ孫の子守をし、学校への送り迎えをし、スポーツの試合観戦に連れて行きました。孫たちのため、素晴らしい働きをしていたのです。アグネスは孫たち全員の生活の一部であり、彼女の家には親戚が頻繁に集まっていました。毎週日曜日の夕方、子どもたちと孫たち全員がアグネスの家にやって来ます。広々とした居間には、大人がおしゃべりする声と子どもたちがゲームで遊ぶ声が、騒々しく響き渡りました。

やがて大人は、落ち着いて話すことができる台所に退避しました。一方で子どもたちは、古い箱を引っ張り出してきて、中の物をおもちゃにして遊びます。箱の中には、アグネスが何年ものあいだ集めてきた、古いゲームやがらくたがたくさん詰め込まれていました。夜のあいだ、アグネスだけは子どもたちが騒ぐ居間に戻り、一緒にゲームをして遊びました。常に、ゲームで負けそうになっている子の手助けをしたものでした。孫と一緒に腰かけて、ただおしゃべりをしているだけのこともありました。夏の夜には、家の近くの野原へ出て、ボール遊びをすることもありました。ラウンダーズ*ではピッチャーとなり、バレーボールではボールを打って子どもたちにレシーブさせました。ひとりだけうまくやっている子どもがいると、それとなくへまをさせるよう導き、小さな子にも勝つチャンスを与えました。

* イギリスやアイルランドで行われている球技。野球の起源とされる。

親戚のみんなが、年長のいとこたちを「ビギーズ（大きな子たち）」、年少のいとこたちを「スモーリーズ（小さな子たち）」と呼んでいました。あのとき毎週集まっていたおかげで「ビギーズ」も「スモーリーズ」も、いとこというよりきょうだいのような関係になったと今は感じているようです。ナナ・アグネスは孫たち全員の育児に手を貸し、生い立ちに大きな影響を与えました。孫たちに、大きなひとつの家族だと感じさせたのです。

母も祖母もいない環境で育った少女は、人生の目的を達成し、献身的な母になりナナになったのです。スポーツをしていたときのように、アグネスは親戚のまとめ役としても見事な技を見せたのでした。

SINGER

裁縫箱はどの家庭にもありました。このように
箱が手作りであることもよくありました。

レース編みやかぎ針編みは、
かつてよく行われていました。
今でもたくさんの孫たちが、
ナナの技術の高さを示す品々
を大切にしています。

たいていの家庭には、シンガーミシンがありました。
ミシンがない場合は、縫い物を持ってミシンがある隣人の家を訪れたものでした。

セントラルヒーティングが普及する前、寝室にはパッチワークのキルトが必要でした。そしていまキルトは、昔を物語るものとして大切にされています。

編み物や繕い物は、暖炉の
周りで毎晩行われることの
中でも定番の営みでした。

燭台も、その間に立つ置物も、
ペグおばさんのものでした。

わが家の暖炉の上には、テイラー家の祖母（父の母親）の肖像画があり、
その両側をナナ・テイラー（私の母）と孫娘レナ（私の娘）の肖像画が飾っています。

母のハンドバッグです。町へ出かけるときは、必要な物をすべて入れていました。

15　牛が戻るまで

最近は、あさ目を覚ますと、通りを行き交う自動車の音で何時頃なのかわかるようになりました。サーっと走り去る車の音は、うるさいとは思いません。現在のイニシャノンの背景に流れる環境音だからです。何年も前、この音が聞こえてくるのは、朝八時半頃でした。それがしだいに早く聞こえてくるようになり、今では六時に始まります。人々の一日は長くなり、行き交う車の数が増え、スピードも速くなりました。けれども、昔はこうではありませんでした。

一九六〇年代に私がイニシャノンに来た頃、新しい一日のはじまりを知らせてくれたのは、自動車ではなく、牛でした。当時は、村の外に牧草地を持っている村人もいました。牧草地は村の外にあっても、自宅の裏には広い庭や畑があり、そこには、搾乳をするための小屋や、冬のあいだ牛を飼育するための小屋もあったのです。夏には、朝と夕方に、牛を牧草地から村に連れて来て、乳しぼりをしました。牛の群れがのんびりと通りを歩き、開いたままの門を通り抜け、搾乳小屋へ入っていくのをよく見かけたものです。牛が急き立てられることはありません。牛たちは、そこが自分の居場所であることを本能的に知っていて、見慣れぬ乗り物が通りかかり、小屋へ向かう自分たちの歩みを急かしたり妨げたりするのを無視して、平然と進んでいきました。

わが家の向かい側にはパブがあり、その裏にかつての牛小屋があります。牛小屋としてはもう使われていませんが、現在ではパブの屋外用のテーブルと椅子を収納する小屋となっています。通りを進んでいくと、川に面した大きな庭がある優雅な古い家が立っていました。この家には、通り沿いにも広々とした庭があり、かつてそこにあった牛小屋には、毎日牛が戻ってきていました。その家の女主人が乳しぼりをしていたのです。牛小屋は改造され、今ではカフェになっています。つまり、牛が住んでいた小屋が、人間に食事を出す場所になったということです。

また、その先にある「小さな家」の主人は、村の西端にある大きな土地の一部を、今でいう市場向け野菜の農園として使っていました。残りの土地は乳牛用の牧草地として使われ、ここで飼われていた牛の乳を、村人の多くが飲んでいました。その土地は、昔も今も「晒《さら》し場」と呼ばれています。その昔、布の製造事業をしているイギリス人の領主がいて、使用人たちが川で水洗いした麻布をそこで日光にさらしたので、そう名付けられたのです。現在「晒し場」はゲーリックスポーツの競技場となっており、地元チームの本拠地でもあります。

うちの台所の食器棚に、ペグおばさんのものだった水差しがあります。夫は子どもの頃、牛乳をたっぷり入れたこの水差しを、その「小さな家」まで届けるように言いつけられました。絶対にこぼさないようにと告げられたそうです。いま、その水差しを食器棚から手に取り、慎重に下ろします。ペグおばさんが夫に言い聞かせたことを想い、私も注意して扱っているのです。上品で美しい水差しで、庭の花々を活けるのにちょうどよい花瓶になります。村の人々に牛乳を提供してくれた農場は、もうひとつ村はずれにもありました。そこの娘たちは、毎朝乳しぼりをして、何ガロンもの牛乳を村のあちこちに配達してから学校に行っていました。

村の中央には製粉所があり、農夫たちが小麦を運んで製粉していました。今そこには、自動車販売店が立っています。村の東のはずれに残るマーケット・ハウス[*1]は大変古くからありますが、今でも村に美しさを添えています。昔は農夫が自分の畑で採れたものを持ち込んでいました。その昔、ジョン・ウェズリー[*2]がこのマーケット・ハウスを訪問し、説教を行ったこともありました。その後、マーケット・ハウスでは映画が上映されたり、旅まわりの劇団が芝居を見せるための劇場になったりしました。観客は椅子とクッションを持参して観劇したものでした。この歴史ある建物は村に美しさを添えていますが、一方では、村に二つある教会の優美な尖塔が木々の上にそびえ立ち、村の空を飾っています。

＊1　十八～十九世紀に建てられた屋内市場。かつてはアイルランドの多くの町や村に存在していたが、現在ではその用途ではなく、史跡として保存されていたり、役場や企業の建物として使われていたりしている。イニシャノンのマーケット・ハウスは一七八〇年に建造され、現在も屋内市場として機能している。
＊2　一七〇三～九一。イギリスの神学者でメソジスト教会の創始者。

長いあいだ村の人々は、この二つの教会の片方にだけ通っていました。別々の教会で同じ神に祈りを捧げていたのです。それが数年前、聖メアリー・カトリック教会が改築されている間、私たちカトリック信徒はもう一方のアイルランド聖公会の教会に集まって、そこでミサを行いました。そして、アイルランド聖公会の教会が改築されている間、私たちの聖メアリー教会で聖公会の信徒の方々を受け入れ、礼拝をおこなってもらいました。ありがたいことに、私たちは、頑として他の教派を受け入れない考え方から抜け出すことができました。今ではアイルランド聖公会の引退した司祭が、毎日カトリック教会に来て祈りを捧げていま す。かつては、お互いに相手の教会に入ることさえ考えられなかったので、大きな進歩です。

マーケット・ハウスのすぐ先には鶏市場があり、人々が卵を持ち込んで売ったり、おんどりやめんどりを売り買いしていました。あの頃は、どの家にも広い庭があり、そこを畑にしていました。めんどりを飼っている家庭も多く、裏庭が川に面した家ではアヒルも飼い、豚を飼っている家もありました。村の暮らしでは、ナナたちが大きな役割を果たしていました。孫に手助けをしてもらいつつ、ニワトリやアヒルや豚の世話をし、牛の乳をしぼるのは、ナナだったからです。子どもが海外へ移住したため、ひとりきりで暮らしているナナもいました。でも夏休みになると、そんなナナのもとには孫たちがやって来ました。イギリスなまりの英語を話す孫たちが、夏休みをアイルランドのナナと一緒に過ごすためにやって来て、村の子どもたちと遊んだり、同じようにナナのもとを訪れている子ども同士で仲良くなったりしたものでした。そんな風にして、生涯続く友情が育まれたのです。

16　川辺の邸宅

「この家なら、わが家を出て引っ越してきてもかまわない」。かつてそう思った家が、イニシャノンに一軒だけありました。その家は、わが家の向かい側の、少し西側に位置していました。広くてゆったりとしていて、おばあちゃんのぬくもりを感じさせるような、ひとめ見て自然に笑顔になるような邸宅でした。通りに面してはいましたが、まるで行き交う車から離れていれば呼吸がしやすいというように、少し後ろに下がった位置に建っていたのです。

そんなところが、通りに建つ他の家々とは違っていました。でも、それだけではまだ不十分だとでもいうように、ジョージアン様式*のドアの上にはガラス張りのバルコニーがあり、そこに坐れば外の景色を眺めることができるのでした。バルコニーの両側には、ピカピカに磨き上げられた窓があり、バルコニーの下の、少し奥まった美しい玄関の両側にも、同じ窓がありました。右隣の家とは高い塀で隔てられていて、左側には川の水面に延びる桟橋があり、それが左隣の家との境界になっていました。「リバーサイド・ハウス」という名にふさわしく、南向きの広い庭は川まで到達していました。広々とした玄関ホールの両側にドアがあり、どちらのドアの先にも大きな部屋があって、部屋からは通りを見渡すことができました。廊下を進むと左側に大きな部屋がありました。そして右側には、王冠に輝く宝石のような素敵な場所があったのです。川岸まで続く広い庭を見下ろすことのできる、美しい台所です。台所の窓から、川の対岸にたたずむドロームキーンの森を眺めることができました。古くて温かくて落ち着いていて、周りに安らぎを与えてくれる、夢のような邸宅だったのです。そこに村のナナのひとりが住んでいました。ナナの家は、素晴らしい思い出が作り出される邸宅であり、ダブリンに住む孫たちにとって、まさにそういう場所でした。幼い孫たちが、毎年夏になるとやって来て、祖母の家で休暇を過ごしていました。彼らは祖母を「グローン」と呼んでいました。

＊　イギリスのハノーバー朝の四人の国王（ジョージ一世〜四世）の治世（一七一四〜一八三〇）に行われた建築様式。

グローンは、村はずれの農場の生まれでした。生年月日を明かさなかったため正確にはわかりませんでしたが、一八九四年か一八九六年の生まれだと、孫たちは思っていました。孫たちが「ボス」と呼んでいた祖父と祖母が出会ったのは、南アフリカのナタールで植民地勤務の警察官として働いていた祖父が、一九二〇年に休暇でアイルランドに帰国していたときでした。海外勤務の警察官には、三年ごとに三、四ヶ月の長期休暇が与えられていました。

その休暇中に祖父母は出会い、祖母は南アフリカのイーストロンドンまで出かけていき、そこでふたりは結婚しました。そして一九三三年、三十年間勤務した祖父に年金が満額支給されることになり、ふたりはアイルランドに戻って来ました。はじめはキンセールに住んでいましたが、やがてイニシャノンの目抜き通りに立つリバーサイド・ハウスを購入したのです。この家には、通り沿いにも大きな庭があり、ふたりはそこで牛を何頭か飼っていました。それから数年後、娘のマヴォーニンがダブリンで職を得ました。彼女はそこで結婚し、六人の子どもを産んだのです。子どもたちは毎年夏休みになるとイニシャノンを訪れるようになりました。リバーサイド・ハウスのグローンのもとで過ごしていたのです。

孫たちは夏休みをグローンと一緒に過ごすのが大好きでした。温かく、社交的でおしゃべり好きなグローンのもとには、訪問客が何人も出入りしていました。グローンには親しい友人が多く、隣人や親戚もたくさん来ていました。そして、毎年グローンの家に滞在していた孫たちは、その人々としだいに親しくなっていったのです。孫たちとグローンの一日は朝食で始まりました。でも、朝いちばんに「おはようございます、大好きなグローン」と声を合わせてあいさつするまでは、食べさせてもらえませんでした。朝食には「ガギー」と呼んでいたニワトリの卵に、お粥とソーダパンを食べました。おきまりは、焙煎した豆でコーヒーをいれることでした。これは、祖父母が南アフリカで行っていた習慣でした。その後は、一日じゅう紅茶を飲み、コーヒーは朝だけでした。

もうひとり、一緒に朝食をとる人物がいて、それはピーター大叔父さんでした。ゲラゲラと大笑いする大柄な男性で、電信柱用の木材を買い付ける主任バイヤーとして郵便電信局に長く勤め、県と国の電話の普及のために尽力したあと、引退してイニシャノンに住んでいたのでした。一九三〇年代から四〇年代にかけて、木材の買い付けでフィンランドを中心に世界を飛び回っていたのです。孫たちにとって大叔父は、何でも知っている知識の泉のような人でした。グローンの庭の川岸に立つと、対岸にいろいろな木々が並んでいるのが見えました。ピーター大叔父さんは、その木々の名前もすべて知っていました。ところでグローンは、ニワトリとアヒルを飼っていました。アヒルは毎日川へ出ていき、夕方にはリバーサイド・ハウスと隣の家とを隔てる桟橋に上がって戻ってきます。そして夜になると、小屋の戸の前で待っているのでした。餌を食べさせてもらい、キツネに襲われないように小屋の中に入れてもらうためでした。ピーター大叔父さんは、朝食に必ずアヒルの卵を食べました。

右隣の家には幼い子どもが何人もいました。毎年イニシャノンを訪れているうちに、孫たちは隣家の子どもたちと親しくなり、「晒し場」（現在はアイルランドスポーツの競技場）で一緒に遊んだり、川で泳いだりしました。隣家の主人は養蜂をしていたので、蜜蜂がグローンの庭の美しい花々に集まってきました。夏の間、庭のいたるところに蜜蜂がいましたが、子どもたちが刺されることはありませんでした。

リバーサイド・ハウスの一日は、まだ薄暗い朝に始まります。まず村から出たところにある牧草地から、牛を連れてこなくてはなりません。トリッシュおばさんが、「ソップの道」と呼ばれた田舎道を通り、牛たちを牛小屋に連れてきます。それからグローンが乳をしぼり、それが終わると、牛たちはまた「ソップの道」を歩いて牧草地へ向かうのでした。大型のミルク缶に入れられた牛乳は、クリーム加工所から人が来て持って行きました。

リバーサイド・ハウスには一日じゅう人が出入りしていました。村に住む家畜商のマイケル・ジョンは毎日やって来て、台所の食卓で『アイリッシュ・インディペンデント』紙を読みました。マイケル・ジョンのチャーミングな姪パッツィーは、コークで接客業の仕事をしていて、バスで帰って来ると、この家によく立ち寄っていました。おしゃれなヘアスタイルのパッツィーは、きれいなうえ、楽しい人でした。子どもたちは、華やかで素敵な人柄のパッツィーのとりこになりました。こんな風に、近所に住む人々は、みんなこの家にやって来ていたのです。この家の向かいに住む大叔母の家で夏休みを過ごすため、イギリスから遊びに来ている家族も、リバーサイド・ハウスに遊びに来ました。

農業を営んでいる親戚の人々も、ジャガイモや野菜を持って、この家に遊びに来ていました。でも、彼らがもたらしてくれたものの中で、何より重要だったのは、地元の人々のうわさ話でした。グローンは、姪のジュリアがお気に入りでした。ジュリアは、教区で起こっているあらゆることを教えてくれたからです。また、グローンの妹のモルおばさんも、大変喜んで迎えられました。毎週金曜日に来る、いちばん大切な人物は、魚屋のホワイトさんで、それは、いつもサバを持ってきてくれるからでした。孫たちは、グローンがサバを切り身にして夕食用に料理するのを見るのが大好きでした。外では数匹の猫が待ち構えていて、台所の大きな窓をカリカリ引っかきました。あとで魚の頭と内臓というごちそうをもらえることを知っていたのです。サバが大好きな孫たちは「こんなに見事に魚をさばくなんて、グローンは魔法を使っているに違いない」そう思ったものでした。スーパーグラン*だって、うちのグローンにはかなわないのです。

＊ スコットランドの作家フォレスト・ウィルソンが著した児童書『スーパーグラン』シリーズに登場するおばあちゃん。超高速で走り、怪力で、エックス線のような透視力を持つ。同名のテレビ番組も制作され、一九八五年～八七年に放映された。

休暇のたびに祖母の家に遊びに来る親戚がもうひとりいて、それはグローンの甥で、この人は南アフリカのケープタウン出身でした。戦後、遅まきながら司祭となった人物です。それまでは南アフリカ軍に所属していて、一九四二年にリビアのトブルクで捕らえられ、一九四五年まで捕虜となっていました。その後、ローマのベダカレッジで学び、一九五一年に司祭になるまでは、毎年夏にイニシャノンに来ていたのです。穏やかで陽気な人物で、グローンを「モー」と呼んで慕っていました。

一九五〇年代後半になり、孫たちが夏休みにリバーサイド・ハウスを訪れると、家にはもうひとり住人がいました。医者になりたての男性が、グローンのいとこの知り合いだということで、この家に滞在するようになっていたのです。そのうちに「先生」と呼ばれるようになったこの人物は、グローンに電話というものを紹介しました。リバーサイド・ハウスの一階には電話が入り、二階の「先生の部屋」とされていた場所にはポータブル電話機が入りました。これは、当時としてはとても先進的なことだったのです。先生は、ロニーという名のアイリッシュ・セッターを飼っていて、子どもたちはその犬が大好きでした。驚くべきスピードで「晒し場」を駆ける姿に「わーお！」と大興奮したものでした。先生は楽しい人でした。夜遅く、浮浪者の格好をしてやって来て、子どもたちをだまそうとしたことがありました。子どもたちにはすぐに先生だとわかりました。グローンが大笑いしていたからです。でもそれが先生だという証拠を示すことはできませんでした。いたずら好きな先生は、親切でしかも腕の良い医師だったので、イニシャノンの人々から慕われていました。

　毎年夏休みを過ごすためにダブリンからイニシャノンにやって来る孫たちは、村のみんなと知り合いになり、成長するとそのうち何人かは、うちのゲストハウス*でアルバイトをするようになりました。よく働く楽しい若者たちでした。何年ものち、最愛のグローンが亡くなり、古くなった家が売られてしまってからも、孫たちはイニシャノンを訪れました。子どもの頃、夏休みに知り合った友人たちに会いに来たのです。

＊　著者はかつて、イニシャノンの目抜き通りでゲストハウスを経営していた。

　イニシャノンで大好きな祖母のもと、長い牧歌的な夏休みを過ごした記憶は、孫たちの人生を豊かにし、いつまでも心に残り続けています。

17　ナンと呼ばれた祖母

母親を亡くした子どもにとって、祖母の存在は、特別に大きな意味を持ちます。友人のフィルが、幼いころ突然母親を亡くし、大きな苦しみを味わったことは知っていました。フィルが九歳で弟のパディは七歳、母親は四十代半ばでした。このできごとは、家族全員に壊滅的な打撃を与えました。あの日、フィルはパディと共に病院の一室に連れて行かれ、「父さんはどこにいるの？」と何度も尋ねたことを、今もはっきりと覚えています。気が遠くなるほどの長い時間が過ぎたように思え、父親が部屋に入って来ました。すぐさま、フィルは何か恐ろしいことが起こったのだと察しました。父親が泣いていたのです。大人が泣いている姿を見るのは初めてでした。その病室でフィルの世界はがらがらと崩れ去り、これまでの暮らしが一瞬にして消え去ったように思えました。幼い頃、そんな精神的ショックを受けたにもかかわらず、いや、ショックを受けたからこそ、フィルはよく気が利く、思いやりのある女性に成長したのです。

どのコミュニティにも、信頼され頼りになる人々がいます。荒波の中で船を安定させるのに手を貸し、突風が吹き荒れる中、物事を進める手助けをする人がいるのです。フィルはそういう女性です。緊急時でも冷静さを保ち、混乱した状態の中でも、落ち着いて物事に対処できる精神的な強さを持つ女性なのです。それに加えて、看護師として長年勤め、後にはアルコールや薬物で心に傷を負った人々のための施設で仕事をしていたこともあります。友人や知人に何か問題が起こると、すぐに駆けつけてくれるのです。だから、心配事があると、多くの友人がそうであるように、私もフィルに電話をします。

フィルと知り合ったのは何十年も前、彼女が赤ちゃんコンテストの審査員をすることになったときでした。この手のコンテストは、現在なら、差別的で不適切だとみなされるかもしれません。でもあの頃は、ゲーリック体育協会の地元クラブが行う、資金調達の催し物として認められていたのです。当時フィルは、私たちの教区に住んではいませんでした。だから、教区の住民の機嫌を少々損ねることになっても問題ないだろうと、この仕事を引き受けるはめになったのでした。ところがフィルは、審査員としての仕事を、如才なくそのうえ寛大にこなし、赤ちゃんみんなと私のようなママたち全員が勝者であるような気分にさせてくれたのです。

数年後、フィルはイニシャノンの農夫と結婚し、村に住むようになりました。そしてすぐに、地域安全プログラムや教会の行事など、教区で行われる様々な活動に、積極的に関わるようになりました。私たちの教区で、司祭の人数が減らされてひとりになり、あまりに忙しい司祭が儀式や行事を執り行うことができなくなったとき、フィルは深い思いやりを持って教会の入り口で葬儀の会葬者を迎え、先導してロザリオの祈りを捧げて遺族を慰めました。フィルのような女性を助祭*に任命しないなんて、うちの教会は、なんともったいないことをしたのでしょう。しかも、男女共同参画に向かう絶好の機会でもあったというのに。とにかく、どの教区においてもそうですが、イニシャノンにも、教会のために力を尽くす素晴らしい女性がいるのです。

＊ カトリック教会で、司祭を補佐し、教会や信徒のために奉仕する役職。

そんなフィルの人生に、祖母が影響を与えたことは知っていました。子どもの頃の話をしているとき、祖母の思い出を語ってくれたからです。「ナン」と呼ばれていた祖母の人生にフィルが登場したとき、祖母は七十代前半でした。その人は父方の祖母であり、農業を営む父の家でフィルの家族と同居していました。フィルは初孫で、洗礼に立ち会う代母をナンが務めました。フィルという名は祖母の名をもらったのです。当時の習慣で、孫娘に祖母の名をとって名づけたのでした。コークのエリンヴィル病院でフィルが生まれた翌日、ナンはフィルの洗礼式に出席しました。洗礼式はコーク市内の教会で行われ、式の後、赤ん坊のフィルは病院に戻されました。あの頃は、そういうやり方をしていたのです。

フィルが覚えている、ナンのいちばん古い記憶は、フィルを膝の上に乗せたナンが頭をなでてくれたときの記憶です。ナンは、ウェーブがかかったフィルの長い髪を巻いて、カールヘアにするのが好きでした。ナンも髪が長く、いつもおさげにして頭の後ろに丸く巻き付けていました。おさげはヘアピンできっちりと固定されていたので、フィルと弟のパディはすっかり見とれたものでした。ナンは髪全体をこげ茶色のネットで覆っていて、そのとび色の髪は、年をとってもほとんど白髪になりませんでした。

ナンは、ローズゴールドの結婚指輪をはめていました。指輪にはナンと夫のイニシャル、それに結婚した日付が刻印されていました。また、夫から贈られた「私が持つすべてを贈る証*」と刻印された半クラウン硬貨も持っていました。一九一八年ですから、このような刻印をすることさえ、珍しかったと思います。フィルはたったひとりの孫娘として、ナンのジュエリーを受け継ぎ、今も大切にしています。

＊　カトリック教会の結婚式では、新郎新婦が金と銀のメダルを贈り合い、次のような誓いの言葉を述べることがある。「私が持つすべてのものの証として、この贈り物を贈ります」

ナンは、昔ながらの「ナナの服装」をしていました。黒っぽい服の上に前掛けをつけ、黒っぽい眼鏡をかけていたのです。フィルのもとに数枚だけ残っている写真を見ると、ナンはきちんとした身形《みなり》をして、かなり背が高かったことがわかります。せかせかと動き回ることはせず、歩くときは杖をついていました。フィルとパディはこの杖を使って上手に歩けるかどうか試してみましたが、ナンはあまり嬉しそうではありませんでした！

ナンは毎日『コーク・エグザミナー』紙を読み、クリスマスになると『ヒイラギの枝』（『コーク・エグザミナー』紙が発行するクリスマス雑誌）を買いました。今でもフィルはお店で『ヒイラギの枝』を見かけると、ナンを思い出します。そしてナンを偲んで一部求めるのだといいます。ナンは政治に関心を寄せていました。ナンが残したものの中には、民族主義の活動家ケヴィン・バリー[*]、トマス・マック・カーテン[*]、テレンス・マックスウィーニー[*]についての新聞記事の切り抜きがありました。

＊　ケヴィン・バリー（一九〇二～二〇）はアイルランド共和軍の兵士。英国軍の物資運搬用トラックを襲撃し、英国軍に捕らえられ処刑された。トーマス・マック・カーテン（一八八四～一九二〇）はシンフェイン党（英国からの完全独立を目指す政党）員で初めてコーク市長を務めた政治家。王立アイルランド警察隊（英国の武装警察部隊）に暗殺された。テレンス・マックスウィーニー（一八七九～一九二〇）は劇作家で政治家。マック・カーテンの次にコーク市長を務めたが、英国軍に捕らえられ、獄中でハンガーストライキを行い死亡。

母親の死は、フィルに大きな喪失感をもたらしました。若い母親の死がもたらした衝撃と、子ども心に感じた喪失感は、今も消えることなく残っています。祖母であるナンは、どうして神は幼い二人の子どもの母親を連れ去り、八十歳近い自分を生きながらえさせたのか、理解できないようでした。それでも、子どもたちが悲しみを乗り越えることができるよう力を尽くしました。ナンはとても面倒見が良く、愛情深い人でした。畑で採れたジャガイモをつぶし、バターと牛乳を加えたものを孫たちに食べさせました。孫たちの体の調子が悪ければ、特別に「グッディ」（白パンを熱い牛乳に浸して砂糖をまぶしたもの）を食べさせました。一緒に宿題をするよう懸命に努力し、できることは何でも手助けしました。けれども六か月後、ナンは脳卒中で倒れ、その後、完全に健康を取り戻すことはありませんでした。二週間入院した後、ナンは自宅で療養するために戻ってきました。半身に麻痺が残り、うまくしゃべることができなくなっていました。誰かがナンを介護しなくてはならなくなり、そのためフィルの人生はまた大きく変わってしまったのです。フィルは十歳という若さで、のちに長く続けることになる看護師としての第一歩を踏み出したのでした。家族全員にとって大変困難な時期でしたが、力を合わせて対処し、親切な隣人たちにも助けられました。ナンが脳卒中で倒れてから三年半、行政の支援を受けることなく家族で介護を続けました。フィルは十二歳になると、寄宿学校へ進むことになりました。孫娘が家を出ることになり、ナンは大変不安に感じたようでした。でも、初めて家を離れるフィルもまた、同じように不安を感じていたのです。

予期していたとはいえ、ナンが亡くなるとフィルは長い間落ち込み、孤独感にさいなまれました。ナンと過ごした期間はたったの十二年間でしたが、あのように温かく、思いやりがあり、親身になって世話をしてくれる人がいたということが、自分の人生に今も影響を与え続けていると感じています。フィルが必要とするときに、ナンはそばにいてくれました。それがいちばん大事なことでした。今、フィルの孫たちが成長しています。何年ものち、自分のことを温かく愛情深い祖母として思い出して欲しい、フィルはそう思っています。ちょうどフィルが、ナンをそんな風に思い出すように。

18　ウッドフォートのおばあちゃん

何十年も前、私は美術クラブでエリザベスと知り合いました。その後だんだんと、彼女が広い視野で世界を見つめている、成熟した女性であると、わかるようになりました。長い年月をかけエリザベスとその家族と親しくなるにつれ、私は彼女の視野の広さと才覚に、ますます深く心を動かされるようになりました。困難に直面すると、エリザベスは不屈の精神で乗り越えました。彼女が亡くなった今、孫たちの心の中にはどんな思い出が残っているのか、また彼女は孫たちにどんな影響を与えたのか、思いを巡らせています。

孫たちはエリザベスをグラニー・ウッドフォートと呼んでいました。彼女が家族と共に住んでいた農場の名前を取ってそう呼んでいたのです。幼い孫たちは、ウッドフォート農場へ行くのをいつも心待ちにしていました。明るい色に塗られた門を入ると、母屋に続く長い小道から、なだらかに続く丘と野原を眺めることができました。古風な作りの手入れの行き届いた庭に車がとまると、期待に胸をふくらませた孫たちは、裏口へ続く階段を上り、心地の良い台所に入っていきました。

　エリザベスは幼い子どもを魅了する術《すべ》を心得ていました。エリザベスの台所の戸棚には、「歌うコップ」が住んでいて、コーク北部から西部のグラニーの家に到着した孫たちが、いちばん楽しみにしていたのはこのコップでした。エリザベスは、子どもたちひとりひとりが確実にそのコップで飲み物を飲むことができるようにしました。食卓からコップが持ち上げられ、子どもたちの唇に当てられると、あら不思議、コップは歌を歌ったのです！　風変わりなコップに、子どもたちは夢中でした。グラニー・ウッドフォートは、そういう人物でした。風変わりで、とても楽しく、愛嬌があり、そして、なんでもこなしてしまう人でもあったのです。

　エリザベスは手仕事が得意でした。孫が生まれるたび、長い時間と大変な労力をかけ、刺繍で美しい絵と赤ん坊の名前を描き、名前の意味を書いたカードを添えて両親に渡しました。こんな引用句が添えられていることもありました。「心に喜びを抱けば顔は明るくなる。また、聖書の言葉からふさわしいと思うものを抜き出して添えることもありました。「光の中を歩めば救いがもたらされる」。エリザベスはその言葉と赤ん坊のことだけを想い、刺繍をしました。また、孫たちのお祝い事や誕生日には、常に心のこもった手作りのプレゼントを贈ったものでした。

　どの子も才能にあふれていましたが、そのうち三人には視覚障碍《しょうがい》がありました。その三人を含め、孫全員の人生において、エリザベスは大切な人となっていました。孫の創造性の芽を育て、音楽や芸術、そして様々な手工芸の分野で才能が発揮できるよう導いたのです。視覚障碍を持つ孫には、周りで何が起こっているのか常に説明してやりました。そして、恥じることなく、ありのままでいるようにと励ましました。また、孫たちに常にすべきことを与え、やりがいを感じさせました。孫はエリザベスの家に来て自由に過ごしていました。そして、家の細かな用事をしていたのです。ただし、雑用をさせられているとは思っておらず、グラニーから受けた愛情の恩返しをしているつもりでした。子どもたちが幼い頃、夜になるとエリザベスは彼らをベッドに寝かしつけ、いろいろな話を語って聞かせたものでした。第二次世界大戦中にロンドン郊外に住んでいたという、自分が子どもの頃のできごとや、「ジャッキー・ドリー」*が語る、森に住む人々の話でした。『ザット・テイクス・ア・ビスケット』という、地元の作家たちが著した作品集が出版されていますが、そこにはエリザベスの戦時中の体験談も掲載されています。

＊　エリザベスは『ジャッキー・ドリーの物語』という児童書を自費出版したことがある。ジャッキー・ドリーはその本に登場する語り部で、森に住む妖精の話などを語る。

エリザベスは、心に傷を負った人々の家を訪問し、相談役になっていました。また、食費の支援が必要なシングルマザーと子どもたち、あるいは遠い親戚などを、自宅に受け入れていました。心を安定させ、誰にでも親切に、というのがエリザベスの信条でした。ゆるぎないキリスト教信仰に支えられた信条でした。

ある孫は、グラニーとふたりで子犬をもらいに行ったときのことを覚えています。子犬は、その子の手のひらほどの大きさでした。エリザベスが、子犬の名前をどうしようか考えていると、視覚障碍のある、その子が問いかけてきたのです。「ねえ、この子は何に似ているの？」。古い一ペニー硬貨の色をしているわよ、エリザベスはそう答えました。幼い少女は喜んで、子犬をペニーと呼ぶことにしたのです。

エリザベスは常に何かを創作していました。海辺の風景画を描いたり、クロスステッチで複雑な模様を刺繍したり、美しいデザインのアップリケを施したり、絵を絹に描くシルクペインティングを行ったりしていました。何かを作らずに一日が終わることは、ほとんどありませんでした。けれども、長い時間をかけて考え、作業の計画を立て、準備をし、愛情を込めて制作したあと、作ったものはすべて手放したのです。ほとんどすべての作品は、作り始める前から、誰の手に渡るのか決まっていました。

視覚障碍がある孫娘マンディの二十一歳の誕生日には刺繍で絵を描き、ボタンやワイヤーモールで作った人間を縫い付けて、マンディが手で触れて確認できるようにしました。本当に素敵なプレゼントだと、マンディは大変喜んだのでした。グラニー・ウッドフォートは、すべてを特別なものにしてしまうのです。視覚障碍のある、別の孫娘アリスには、おしゃれなパッチワークのハンドバッグを作っていました。孫娘へのプレゼントを作っていることを地元の婦人会で話すと、メンバーの数人が自分にもその子のために作らせて欲しいと申し出てくれました。それで、レースやかぎ針編みの作品、編み物など、さまざまな美しいものが集まりました。誰にも想像できないような、素晴らしい手触りのユニークなプレゼントになりました。

楽しいことが大好きなエリザベスには、おちゃめな一面もありました。孫たちがエリザベスの髪で遊ぶのを許して奇抜な髪型にさせたり、孫たちと一緒におかしな写真を撮ったりしました。あるとき、ボートの後ろに綱でくくりつけた、ちゃちなゴムの浮き輪に乗るよう説得されました。それで水の上を引っ張られる遊びだというのです。大胆にも、エリザベスはやってみました。そして、大喜びで甲高い声を上げ、水面を疾走したのでした。七十代でそんなことにチャレンジする人は、あまりいないのではないかと思います。

ティーンエイジャーの孫が、両親の手に負えないという理由で、休暇になるとグラニーのもとに送られてくることがありました。孫たちはグラニーの家に来るのが大好きでした。というのも、家では厄介者とみなされていても、グラニーは心から喜んで迎えてくれるとわかっていたからです。孫たちは、果樹園でリンゴをもいだり、パンを焼いたり、農場を探検したり、グラニーの昔話を聞いたりして過ごしたものでした。グラニーは棒の先にハンカチを結び、その中に小さなロールサンドイッチを入れて、孫たちひとりひとりに持たせました。そして妖精が住んでいそうな砦跡《とりで》や野原へ、ピクニックに出かけたのです。

後年、エリザベスは農場を去り、海辺の家に引っ越しました。それでも孫たちはグラニー・ウッドフォートと呼び続けました。海辺の家は親戚が集まる拠点となり、週末になるとみんなが潮のように押し寄せては、また引いていきました。それでもエリザベスは、様々な活動を行う時間を平日に確保していました。コーヒーショップで行われる手芸クラブに参加し、聖書を読む会に通い、心を病む人々に手芸を教え、高齢者の家庭を訪問しました。自分が「高齢者」だという自覚はなかったようです!

ティーンエイジャーの多くは、夏休みをおばあちゃんと一緒に過ごしたいとは思わないでしょうが、エリザベスの孫たちは、みんな彼女に引き寄せられました。エリザベスはゆったりとしたおおらかな性格でしたが、孫たちのアルバイト探しとなると、せっせと動き回りました。孫たちは、近くのレストランでアルバイトをしたり、ユニオンホール村のイチゴ農園で働いたりしつつ、グラニーと素晴らしい夏休みを過ごしたのです。孫たちはグラニーの家で過ごすのが大好きでしたし、グラニーが自分たちを喜んで受け入れ、一緒に楽しく過ごしているとわかっていました。エリザベスは孫とのつきあい方が大変上手でした。あるときふたりの孫が、彼女の目の前で急に激しいけんかを始めたことがありました。ふたりは階段で、お互いをののしる汚い言葉を浴びせ合っていたのですが、突然、それがぴたりと止まりました。とてもこらえきれないという風に、グラニーが大笑いしたからです。誰も何も言わずとも、すぐにけんかはおさまりました。孫たちには、グラニーに心から愛されていることがわかっていたのです。

エリザベスは、期待を寄せるだけで孫たちをその気にさせてしまう術《すべ》を心得ていました。なんとかして困難を乗り越え、期待に応えて欲しいと望むと、その通りになったのです。本当に素晴らしいことでした。孫たちは、取り組んでいたことをいつも期待通りに完成させ、大きな達成感を味わっていました。エリザベスは孫を誇らしく思い、彼らが作ったものを素晴らしいと感じ、それだけで報われた気持ちになるのでした。もし彼らが以前のように自信をなくすようなことになっても、また新たなスキルを身につけ、マイナス思考に対処することができるでしょう。そう考えると安心できました。自分の能力に自信を持っていなかった彼らですが、今後はしだいに自尊心が高まっていくことでしょう。いま孫たちは、自分自身をどのようにとらえ、どのような価値観を持つべきか、ということをグラニーから学んだと感じています。周囲の人々についてどのような見方をし、どのように判断するか、そういうことはすべてグラニーから教わったのです。

エリザベスは、いろいろな人を仲間に引き入れるのが得意でした。そして、誰に対しても平等に接しました。小さな港町グランドールの人々と、大型のパッチワークキルトを完成させたときがまさにそうでした。パッチワークに参加して四角い布地を一枚縫い付け、キルトを作り上げよう、人々にそう声をかけたのです。みんなで力を合わせることが大切だと考えていました。年配のロブスター漁師で、七十歳までの裁縫の経験は、船の帆を修繕しただけという人もいました。その人の端切れ《ピース》は、素晴らしい物語を語ってくれるようでした。小型帆船の船底で、鍋の中にもうひとつ鍋を入れて料理をしたこと、船上で一夜を明かすときは帆で体を包んで寒さをしのいだこと、そんな話です。誰もが語るべき話題を持っているし、自分より劣っている人間もいなければ、優れている人間もいない。エリザベスはそう信じていました。

赤の他人も親切な人々であるはず、というグラニーの考え方が孫たちは気に入っていました。孫のひとりが夏休みにアルバイトをすることになっていました。その夏は、数人の孫がグラニーの家に滞在し、近くで働くことになっていたのです。ところが直前に、その子のアルバイトが中止になってしまいました。「大丈夫、心配ないからね」がっかりする孫に、グラニーはそう言って安心させました。そして近くのイチゴ農園まで車を走らせ、農夫に向かって熱心に説いたのです。「この子は素晴らしく有能な働き手でね。懸命に働いて、腕まくりをして仕事に没頭するよ。とにかく優れた働きをする子だから、この子を雇ったら後悔することはないさ」。言い終わるとエリザベスは去り、後に残された農夫は、自分が何を期待されているのか悟ったのでした。試しにやってみること、進めてみること、そして最善を尽くすこと。エリザベスは人々をそういう気持ちにさせる人でした。地元の人々はよく冗談を言ったものです。「おまえんとこは、どうやって人手をまかなっているんだい？」すると、答えはこうでした。「ああ、ラトビアかポーランドからの出稼ぎ人か、でなけりゃあそこんちのばあさんの口利きさ」

REX

あるナナが大切にしていた指輪。内側に1918年の結婚式の日付が刻印されています。

ペグおばさんの古い食卓。
1930年代に作られたもの
です。壊れそうになってい
ます。

「キリストの聖心《みこころ》」のご絵はどの家庭にも飾られ、子どもが生まれると、隅に名前と誕生日が書き添えられました。娘が結婚して新居を構えると、母親から娘に聖心が贈られたものでした。

このエレガントな客間用ランプには、作られた時代のセンスと職人技が現れています。

上等な茶器は、どのナナの家にもありました。茶器の周りにあるものもナナの品々です。

プラハの幼子イエス像は、結婚祝いの贈り物の定番でした。のちにそれが、どういうわけか、式当日の晴天を祈願する対象になったのです。

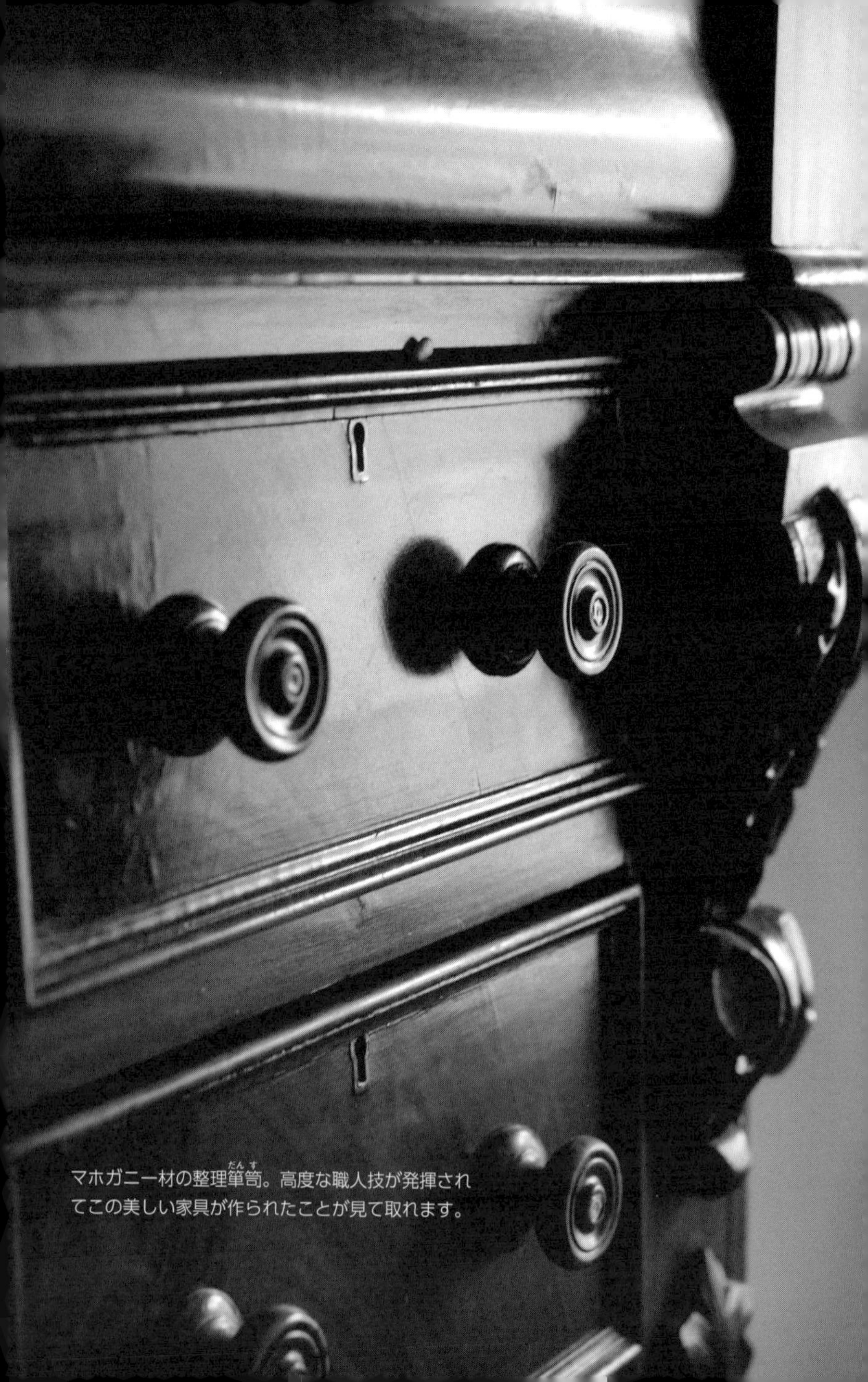

マホガニー材の整理箪《だん》笥《す》。高度な職人技が発揮されてこの美しい家具が作られたことが見て取れます。

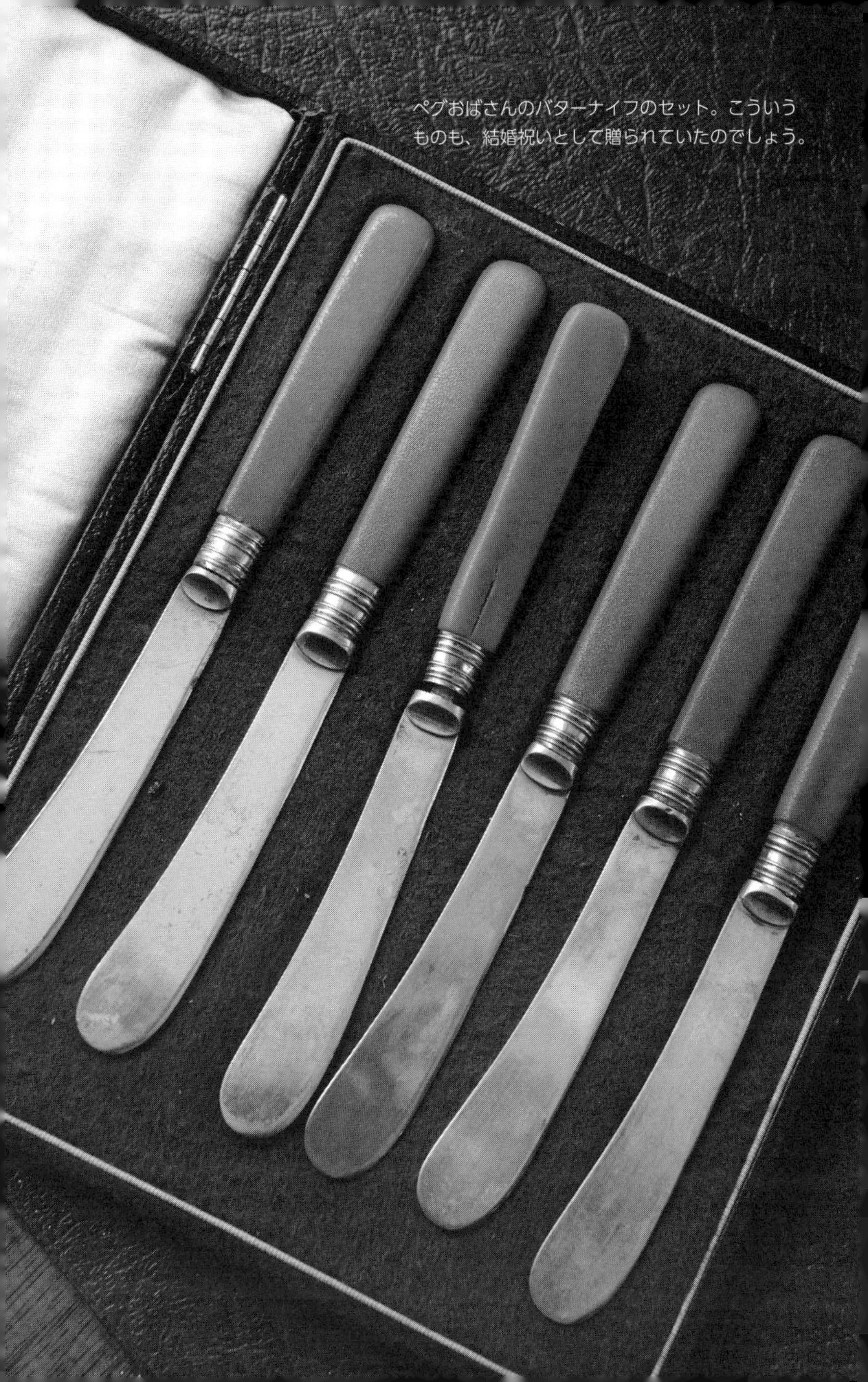

ペグおばさんのバターナイフのセット。こういうものも、結婚祝いとして贈られていたのでしょう。

第八章　ナナの持ち物

19　ナナの品あれこれ

あるとき、謎めいたお店の少々くたびれたドアの上に、ゆがんだ看板が掲げられているのが目に留まりました。「おばあちゃんが手放した品々あります」。こんな文句に興味を惹かれない人がいるでしょうか。ひと目見て、思わず微笑んでしまいました。きっと店内には、ちょっと変わったユーモアのセンスの持ち主がいるのね。そして、何でも買い込んでしまう私のような人間の複雑な心の動きなんて、いとも簡単に見抜かれてしまうのだわ。細長いウサギの巣穴のようなお店へといざなう、この興味深い誘い文句は、たまらなく魅力的です。看板の文句は悪気のない心からの歓迎に見えますが、実のところ、お客をおびき寄せるための罠である可能性も否定できません。あちこち探検して何時間でも楽しむことができ、純然たる喜びを約束する、そういう場所に買いだめ人間を誘い込んでいるのです。他人の生活感が漂う品々ほど興味をそそるものが、他にあるでしょうか。窓から店内をのぞいてみると、そこには何でもあるような気がしますし、何もないような気もします。それでも、いろいろ見て回り、探し回ることこそが、あらがうことのできない誘惑なのです。

そのお店は、アンティークショップでも中古家具店でもないとすぐにわかります。それは「ハーディガーディショップ」としか言いようがないお店なのです。ガラクタでいっぱいの、小さな「アラジンの魔法の洞窟」であり、あまたの人々が残したものが最後にたどり着く場所で、そうとしか言いようがないのです。「ハーディガーディ*」とは中世の弦楽器で、ウィーンウィーンという音が出ます。この名前はスコットランド語で「混乱状態」を意味する「ヒーディギーディ」から来ているようです。ハーディガーディショップでは、たいてい、「整理整頓された混乱状態」を目にすることになります。

＊ 鍵盤のついた弦楽器。右手でハンドルを回しながら、左手で鍵盤を弾くと内部の弦がはじかれて音が出る。一風変わった楽器であり、「ハーディガーディショップ」とは、この店が個性的で他の店とは異なることを表現したもの。

ハーディガーディショップは、アンティークショップとはまったく違いますし、中古家具店とも異なっています。アンティークショップでは、ほれぼれするような年代物がショーウィンドーに一点飾られていて、値札を見れば思わず息をのむことでしょう。だから、あなたは値札を見ようとは思いません。もし見てしまったら、店内に入れなくなるかもしれないのです。中に足を踏み入れると、美しく磨き上げられた、完璧な姿の品々が迎えてくれます。そういう物が床に並んでいたり、エレガントなテーブルの上にゆったりと余裕を持たせて置かれていたり、きらびやかな象眼細工を施したマホガニー材の飾り棚の中に並べられていたりするのです。店内では小声でささやかなくてはという気持ちになりますし、高価な品々に圧倒され、思わずひざまずき頭を下げてしまいそうになります。おまけに、一分の隙もない洗練された服装の店員が品定めするようにあなたを眺め、あなたがお客としてふさわしい経済状態の人間か、それとも、合格ラインに達していないのか見定めます。

一方、中古家具店では店員の姿がないことが多いので、あなたは洞窟のような部屋の奥深くへと誘い込まれることになります。そこには、修道院や司祭館、あるいは領主の館ビッグ・ハウスに置かれているような、磨き上げられた家具を彷彿とさせる、大型の家具が並んでいるのです。過ぎ去りし日々の、立派な調度に囲まれた、ゆったりとした暮らしが、あなたの周りに広がります。蜜蝋ワックスの芳醇な香りが漂っていて、長年のあいだ丹精を込め、懸命に家具の手入れをした様子が感じられます。修道女たちは、家具の手入れに余念がなかったでしょうし、長年にわたって司祭館を完璧な状態に保ち続けていた献身的な家政婦もまた、そうだったことでしょう。ビッグ・ハウスの使用人も、たえず家具にワックスをかけたり磨いたりしていたのです。中古家具店にある家具は、今はもうなくなってしまった生活様式の名残なのです。かつてアイルランドの田舎では、家具好きや裕福な人々が、どこかで「司祭のオークション」が開催されないかと、アンテナを張り巡らせていたものでした。というのも、この種のオークションでは、かいがいしく立ち働く家政婦たちが完璧な状態に保っていた上等な家具が、間違いなく出品されるからです。彼女らは、丁寧にワックスをかけたテーブルやサイドボードに、キクイムシが薄汚い頭を突っ込んで穴をあけないよう、常に気を配っていたのでした。

中古家具店に陳列されている品々の誘惑に負けたとしても、あなたを見つめている店員はいないようです。それが、店内を歩き回り、あなたのような家具好きなお客が、大きな家具の後ろから現れたり消えたりするのを目にするうちに、ひとりの男性が現れます。男性はあなたに向かって、あまり興味がなさそうにうなずいて合図をします。するとあなたは気づきます。ああそうか、この人が店員か。そう、店員はたいてい男性です。どっしりと重い家具を動かすには、男の筋肉が必要だからです。あなたが、探し求めていた家具を見つけたり、思いがけないものに興味をそそられたりすると、きっと自分に声をかけてくるだろうと、その人にはわかっているのです。

何十年も前、ペグおばさんと私はこの手の店で、マホガニー材のサイドボードを見つけました。それが、ペグの心をとらえてしまったのです。店員と楽しく冗談を言い合いつつ、長々と値引き交渉をした末に、十四ポンドという値段で決着がつきました。ペグおばさんは値段の交渉をするのが大好きで、良い取引をするためには交渉が必要だと考えていました。

感じの良いその店員もペグも、駆け引きを楽しんでいたようでした。十四ポンドとは、なんと破格な安値だと感じる人もいるかもしれません。でも一九六〇年代のことですから、決して格安などではなく、かなりの大金でした。

ペグおばさんは若い頃、あるお屋敷で働いていたことがあり、その後、司祭館の家政婦見習いをしていました。仕事をするうちに、おいしい料理、良い家具、上質な食卓用リネンの知識を身につけていったのです。だからそのサイドボードを受け入れることになったペグの家は、台所の戸棚の引き出しには銀製のカトラリーや質の良いリネンがしまい込まれ、棚には趣味の良い上等な食器類が並んでいる、手入れが行き届いた場所でした。あの頃は、リネンの大きなテーブルクロスや食器のセット、カトラリー一式などが結婚祝いの定番で、受け取った若い夫婦は戸棚のいちばん下の引き出しにしまっておいたものでした。ペグは長い間ずっと、まさにそういう品を親戚や友人に結婚祝いとして贈っていたのです。ペグは有能な主婦で、あらゆるものをきちんと整え、ピカピカに磨き上げることに喜びを感じていました。ペグが大切な品を磨いている最中に、たまたま私が家を訪れると、貴重な品ひとつひとつが、どのようにして彼女のもとに来たのかを語ってくれたものでした。

生前のペグおばさんは、そんな人でした。それも遠い昔の話です。さて、このハーディガーディショップのドアに掲げられた看板は、雑多な物たちの運命を物語っています。ゴミ箱行きという不名誉な道を逃れ、最終的にはリサイクルショップかこのたぐいのお店にたどり着くような品々です。このお店では、昔を物語る、興味深い品々を見つけることができます。例えば、ボタンがたくさん入ったブリキの箱です。その時代を懸命に生きた女性が、長い年月をかけてボタンを集めたのでしょう。

このお店にはまた、古き良き時代に居間のマントルピースを美しく飾っていた、様々な時計も並んでいます。このタイプの時計には、美しいチャイムを奏でるものがあり、時刻を知らせてくれるだけでなく、心地よい響きで周りの空気を満たしてくれます。あるいは、どの農家の台所にも掛けられていたような、オーク材やマホガニー材で作られた八日巻き掛け時計もあります。もっとも、台所がシステムキッチンに変わってしまった今では、デジタル時計が主流になり、掛け時計はもはや必要ないかもしれませんね。かつて八日巻き掛け時計は、マントルピースの置時計のような優しい音色を奏でるのではなく、尊大な態度でボーンと時刻を告げていました。長いあいだ片田舎の農家の台所で時を刻んでいた時計が、今では小さな雑然としたお店に置かれているのです。あるいはまた、アンティークショップに行きついて、新品同様に磨き上げられ、真鍮の振り子をきらきらと輝かせ、自分に見合った値段で売られているものもあります。でもハーディガーディショップには、もっと質素な時計も置いてあります。それを自分で修復してみるのも良いでしょう。というのも、このタイプの時計はたいてい、お店にたどり着くまでの長い年月の間に、表面のペンキを何度も塗りなおされるという屈辱を味わっているからです。何層にも塗られた色とりどりのペンキの下には、もとの美しい木製の表面が隠れていて、あなたに発見されるのを待っているのかもしれません。だから、層になったペンキを何時間もかけて剝がしていくという難儀な作業に耐えると、最後には想像を絶する喜びを味わうことができます。象嵌細工を施したマホガニー材や蜂蜜のような色合いのオーク材が姿を現すからです。私はこの魔法の瞬間を、一度ならず経験しています。荒涼とした山の中で、金塊を発見したような喜びでした。

お店にはイエス・キリストや聖家族のご絵もあり、マホガニー材の洋服ダンスやがっしりとしたオーク材のテーブルの足元に、何枚も立てかけられています。私たちの祖先は、貧しくて苦しい時代に、このご絵のおかげで正気を保つことができたのです。テーブルの下には、かつて五月祭の祭壇を飾っていたけれど、その後すっかり放置されてしまった聖母マリアの聖像が立ち並んでいます。それに、着飾ったプラハの幼子イエス像もあります。記念すべき日が悪天候に見舞われないように、多くの花嫁がこのご像を結婚式前夜に家の外に出しておいたものでした。またあるとき、この手のお店で私が丈の高い洋服箪笥《だんす》の引き出しをあけると、古い手紙や写真がぎっしり詰まっていたことがありました。誰かが亡くなった後、親戚がすべてを受け継ぎ、家の中を片付けて、不要な家具をそのまま捨ててしまったのでしょう。引き出しには、家族の歴史を物語る品や、他の親戚にとって大切なものが入っていたのですが、きっと、整理する時間がなかったのだと思います。そんな風にハーディガーディショップには、興味をそそられる物語がたくさんつまっているのです。

だから、あのお店の入り口には、本当はこんな看板を掲げるべきなのです。「おばあちゃんが集めて、お母さんが手放した品々あります」

20　食卓

それは、もろくも崩れ去ろうとしているのですが、手放したくありません。捨てずに使い続けるなんて、どうかしているとは思います。それでも、あまりにも長いあいだ手元にあったので、私の中にいる、もうひとりの自分が、このままずっとそばに置いておきたいと思ってしまうのです。こんなにも長持ちしていることや、うちの家族と共に歴史を刻んできた事実を大切にしなくてはならないし、称える必要があるのではないか、どういうわけかそう思ってしまうのです。理屈で考えれば、そんなことはまったく意味がないのですが、「理性的な思考」と「感傷」は、頭の中の同じ空間に存在してはいないようです。ええ、特に私の場合は、ですけれど。実のところ、感傷というものは、頭の中のどこにも存在しません。脳内の実用をつかさどる部分にあらかじめ組み込まれているものではなく、もっぱら心の中に存在するものであり、ときに笑いものにされ、精神的な弱みとみなされることさえあるのです。「感傷」や「郷愁」は、「記憶」から生まれるものだと考えます。記憶はそれなりに信頼に足るものとされていますが、どういうわけか、感傷や郷愁が少々軽んじられているのは、私には不思議に思えます。そう、この古びた食卓には、感傷と郷愁を感じさせる以外には何のとりえもありません。さらに困ったことに、そんな食卓がうちには二台あるのです。ええ、二台です。一台は「ペグおばさんの食卓」で、もとの持ち主にちなんでそう名づけたのですが、この食卓は長年にわたり様々なことを見聞きしてきました。もう一台は、もとはテレサとビル夫妻の食卓で、これも今にも壊れそうです。ビルが買ってきたので、「ビルの食卓」と呼んでいます。二台ともわが家の裏庭で、庭用家具として何十年も使われてきました。一台は、外で軽食を取るための食卓として。もう一台は、鉢植えの植え替えをするときに台として使ったり、プランターを乗せてミニスイートピー庭園にしてみたり。実は、どちらの食卓にもかつての大切な暮らしがあり、それが私の心をしっかりとらえていて、放してくれないのです。

どちらの食卓も、家族に愛されていたふたりの人物が、食卓として使っていたものでした。ペグおばさんは私の夫を育てた人であり、私たちの子どもにとっては、父方のナナ同然でした。ビルは大好きな義理の兄です。いちばん上の姉テレサと結婚し、彼女を実家から連れ出した人です。だから、二台の食卓を私の心につなぎとめているものは、食卓の木材をつなぎ合わせている釘とは違い、かつて所有していたふたりの思い出という糸なのです。

台所の食卓とは、命の家具ともいえるものです。赤ん坊が伝い歩きをするようになると、まず食卓につかまりますし、年老いて歩けなくなれば、食卓の前にずっと坐っていることになります。食卓は、命の糧をそこから手にして食べる「祭壇」なのです。実家の農場では、教区の巡回ミサ*の担当が回って来ると、台所の食卓を実際に祭壇としてしつらえて、そこでミサを捧げたものでした。食卓の四本の脚それぞれの下に、座面を縄編みにした椅子を置き、この特別なミサのための祭壇に高さと威厳を持たせました。うちに担当が回って来るのは春か秋で、家族と隣人たちが一緒になって神に祈りを捧げ、大地の恵みを願い、感謝を捧げたのです。巡回ミサは、アイルランドの田舎で行われていた習慣です。アイルランドがイギリスの一部だった時代、カトリック教会のミサは違法とされていました。だから、信徒は谷間や山中で岩を祭壇にしつらえて、秘密裏にミサを行っていたのですが、その後、信徒の家で行うようになり、食卓が祭壇となったのです。

＊　教会ではなく、教区内の一般家庭で行うミサ。司祭が家庭を訪問し、友人知人や近隣の家庭の人々が集まっておこなった。

昔の食卓は、決して軽くはありませんでした。ナナ・バリドゥエインの細長くずっしりと重い食卓は、広々とした台所の真ん中に置かれていました。収穫の時期に大勢の隣人が集まったり、一族が集合したりするとき、それほど大きくは見えないのに、少なくとも十数人は席に着くことができました。母の食卓は、それより長さが短くて幅が広いものでした。あの頃の食卓は、各家庭の要望に合わせて作られていたのです。母の食卓は、地元の若い職人が作ったものでしたが、その職人はのちに、イギリスから独立して成立したアイルランド政府の教育大臣になりました。その頃にはミサを行うことはもう違法ではなくなっていたのですが、巡回ミサの習慣はまだ残っていました。農家の家々にカトリック教会の典礼の知識を与えるだけでなく、教会が収穫期に献金を集める良い機会にもなり、人々にとっては、神が与えてくださった賜物に感謝し、隣人同士が顔を合わせる良い機会になるからでした。祭壇の役割を果たすこともある食卓は、「パンと魚の奇跡」*を起こす場所になることもありました。目端の利く母親やナナは小さな奇跡を起こし、いくばくかの食べ物を家族みんなで食べることができるようにしたのです。子どもたちや家族の男性陣は、それを当たり前だと思っていました。

＊　イエス・キリストが行った奇跡のひとつ。五つのパンと二匹の魚を増やし、五千人の人々に食べさせ、満腹にさせたとされる。

秋になり、冬の食糧とするために豚を殺すとき、食卓は肉屋の作業台になりました。まず食卓を庭に出し、その上で血まみれの処刑を行います。数日後には体の部位をばらばらにし、それから、長期間保存できるように樽に入れて塩漬けにします。何日もたってから、今度は食卓の端に肉ひき機を取り付け、腸詰めを行いました。あの頃の食卓は、あらゆる用途で使えるようになっていて、どんな状況でも持ちこたえられるように作られていたのです。

だから、幼い頃からそんな広やかな食卓になじんでいた義兄のビルが、結婚して初めて食卓を買おうと地元のお店を訪れ、若夫婦の新居にはあまりにも大きすぎる食卓を四ポンドで買ったのも、不思議ではありませんでした。それから何年ものち、私たち夫婦がだだっ広い古家を手に入れてゲストハウスに改装したとき、姉のテレサはこのチャンスを利用して、大きすぎる食卓を自宅から放り出したのです。食卓はイニシャノンに到着し、金欠状態だった妹がありがたく受け取ったのでした。何年もの間、食卓はわが家の台所の真ん中にでーんと陣取って、ダイニングルームに着席したお客さんに料理を振る舞う際の作業台となっていました。また、親戚や、長年うちに滞在して家族のようになった人々が台所で食事をするときのテーブルとしても機能していたのです。

　何年かすると、この食卓は脚もとが少々不安定になってきたので、上に乗せたお皿が斜面を滑っていかないように、一本の脚の下に段ボールの切れ端を敷いていました。でもこれしきの欠点は、使い込まれて真ん中が少しすり減ったことで補われていたのです。子どもたちの小さな手がコップを倒して液体がこぼれ出ても、真ん中のへこみに集まっていくので、それをふき取るだけでよかったのです。

　けれどもやがて、弱点が利点を上回るようになり、食卓は台所の後ろの部屋に移されて、そこで「スティーブ・ジョブズ*のような」コンピュータのエキスパートを目指していた息子たちの、パソコン台になりました。その後、木工が得意な宿泊客で、のちに家族の一員となって慕われた男性が、代わりの台所用食卓を作ってくれました。元の食卓のように、いかなる事態にも対応できる食卓でした。そうこうするうちに、台所の後ろの部屋を使っていたコンピュータ好きな息子たちが巣立っていき、ビルの食卓は不要になってしまいました。それで、裏庭に出して庭用の家具にしたのです。

＊　一九五五〜二〇一一。米国の実業家。アップル社（コンピューターメーカー）の共同設立者のひとり。

裏庭で待っていたのは、隠居した「ペグおばさんの食卓」でした。ペグおばさんの食卓は、ビルの食卓とは対照的で、丈が低く小さいけれど頑丈です。ペグの手狭な台所の、特定の場所にぴったりと収まるように、ジャッキーおじさんが作ったものです。ペグの台所は細長く、夫婦が営むお店の奥にある居間の隣に付け加えられたものでした。お店の面積を広げるたび、奥にある居住空間が削られていったので、村の大工が家の隣に付け加えるように台所を作ったのでした。小さな食卓ではありますが、その上では、実にいろいろなことが行われてきました。ペグおばさんはそこでケーキやプディング、リンゴのタルトを作りました。その最中に私が立ち寄ると、おばさんは食卓の上の物をすべて脇に押しやり、ティーカップとソーサーを二客置いて、やかんを火にかけました。そして、オーブンから取り出したばかりの焼きたてのお菓子をお皿に出し、私と一緒に味わいました。小さな食卓は、現役時代にはそんな風に多くの仕事をこなしていたのです。

わが家の裏庭に出された二台の食卓は、互いに顔を見合わせ、こう言ったことでしょう。

「まったく、長年懸命に仕えてきたというのに、これが感謝の表し方とはね。人間って、恩知らずのろくでなしだね！」。いやあるいは、嬉々としてこう言ったかもしれません。「外に出て、新鮮な空気の中、ふたりでひっそりと穏やかに年を重ねることができるなんて、最高じゃないか」

裏庭で、二台の食卓は生まれ変わったのでした。ビルの食卓は、庭に立つ小屋のすぐ脇にある、南向きで日当たりの良好な片隅に、ぴったりと収まりました。サイズが大きいので、スイートピーの種を植える縦長のプランターを置く台としてうってつけでした。芽を出したスイートピーは、夏になると小屋の脇に立てた格子状のフェンスを伝って伸びていきました。ビルの食卓の上には、それでもまだ手前に十分なスペースがあったので、植え替えをするときにそこを使っていました。食卓のこの使い方は大変うまく機能していて、長い間ビルの古い食卓は、太陽の下、その特別な場所で輝いていたのです。

ペグおばさんの食卓はもっと丈が低くて動かしやすいので、裏口の近くに置きました。台所がすぐそこなので何かと便利です。食べ物を外に運んできて、その上にさっと置くことができるからです。今では庭で軽食をとるときは、もっぱらペグおばさんの食卓を使っています。ペグの夫のジャッキーがこの食卓を作ったとき、不思議なことに、天板としている三枚の幅広い板を、その下にある四本のどっしりした脚に釘で留めることをしませんでした。私には、仕組みはよくわかりません。でも、気まぐれなペグのことですからいつ気が変わるかわからないと考えて、このように解体して運ぶことができる食卓にしたのでしょう。この食卓は本当に、簡単に移動させることができるのです。置き場所を変えたいときや、冬のあいだ庭の物置に収納するとき、三枚の板を外し四本の脚を逆さにすれば、安々と運ぶことができます。でも、裏口のすぐそばに置いて、大きなビニールのテーブルクロスが掛けてあるときは（特別な折には、もっと素敵なクロスを掛けることもあります）、ずっしりとした安定感を醸し出しています。

二台の食卓は、もうとうの昔に、全天候型のしゃれた新しいものに買い替えるべきでした。けれども新しい食卓では、大好きなふたりの美しい思い出を私の裏庭にもたらしてはくれなかったでしょう。裏庭のドアを開けると、そこに古くからの友人ふたりがいることを嬉しく思います。私が庭でのんびりとくつろいでいるとき、庭仕事をしているとき、あるいはただ空を見上げ、飛んでいる鳥を眺めているとき、近くのコーク空港から飛び立った飛行機が頭上を横切るのを見つめているとき、二台の食卓はどんなときも私の日常に特別な雰囲気を与えてくれるのです。

ところが残念なことに、今日、ビルの食卓は永眠することを選んだのです。突然死ではありません。

実は、何年か前から脚の一本が弱っていました。膝から下が腐ってしまい、その部分を切断してあったのです。それはつまり、他の三本も同じ運命をたどったということです。老齢で体全体がもろくなっているので、人工の膝関節に置き換えるという選択肢はありませんでした。脚を短くしたため、食卓の丈は急に低くなり、鉢植えをするための台としては使えなくなっていました。スイートピーにとっては、上に伸びるスペースがより大きくなっていたのです。

そして今日、この古くからの友人は「もう限界だ」と言ってきたのです。真ん中のへこみが地面に着いてしまったので、天板の上のものを急いで下ろさなくてはなりません。ついに、すべてを終わりにすることになったのです。私は、この年老いた食卓をしっかりと包み込んで安定させていたビニールのテーブルクロスを剥がしました。ちょうどそのとき、思いがけず、大工仕事が得意な息子がやって来ました。息子と私は食卓の死を悼みつつ、もろくなった接合部をゆっくりと外し、庭の斜面のいちばん上まで運び、大地に下ろしました。そのうち食卓の木材には虫が住みつくことでしょう。木材は朽ちていき、生まれた場所である大地に還《かえ》るのです。

ペグおばさんの食卓はもっと頑丈なのでまだ立っています。しばらくは生きながらえ、私の暮らしを支えてくれると思います。実用面を考えると、使い続けることには無理があるとわかっています。でも、「感傷」や「郷愁」というものは、実用性とは関係がないのです。

21　暖炉脇の最後のナナ

ナナへの敬意を綴った本書の言葉をたどるうち、読者のみなさんが、ご自身のナナを少しでも思い出してくださっていたら幸いです。ナナたちが価値観を育み、受け継いできたことは、称讃と尊敬に値します。ナナたちは、男性優位の世界で、現代ではとうてい受け入れられないような様々な困難に対処してきました。そんな逆境にありながら、他者に称讃され認められる多くのものを育んできたのです。それは、女系の祖先から受け継いだ信条であり、自らの経験から学んだ知恵でもありました。

偉大な神の力を受け入れ、自然界に対して畏敬の念を抱き、家族で支え合うことを重んじる。ナナたちの日常を支えていたのは、そういう人生観でした。そして、身を粉にして働いていて、作業自体が癒しになることもありました。

あの頃は、暖炉がまさに家庭の中心にありました。暖炉で料理をし、お湯を沸かし、暖炉脇で坐っておしゃべりをし、編み物や繕い物をし、物語を語って聞かせ、暖炉の周りは家族や隣人たちが集う場だったのです。さらには、生まれたての子豚を置いて世話をし、ひ弱な子羊がいると、体力がついて群れに戻ることができるまで、そこで面倒をみることさえあったのです。暖炉前では、あらゆることが行われていました。暖炉の暖かさは、家族のさまざまな営みを包み込み、さらに、暖炉脇はナナの居場所にもなっていました。歳を重ねたナナは暖炉脇に陣取り、何もかもそこで行っていたのでした。

わが家の暖炉は、ナナの時代の暖炉のように部屋の中に張り出してはいませんが、優しく包み込んでくれるような雰囲気が家族みんなを惹きつけています。長年の間ずっと、私たちに喜びを与え続けてくれました。私の人生にこの暖炉が登場したのは、わが家に避難場所が必要になったときでした。その当時、うちには静かに安らぐことのできる場所がまったくありませんでした。それで、静かに過ごすことのできる部屋を作って「静寂の間」と名づけ、そこに心地の良い暖炉を作ったのでした。でも、残念ですが、もう終わりにしなくてはなりません。世間では環境に配慮しようという機運が高まっていて、私も暖炉に火を入れることに罪悪感を抱くようになりました。泥炭や石炭は、今や使ってはならないもので、過去のものとすべきなのです。というわけで、ちょっと寂しいのですが、長年親しんできた、古めかしく心地の良い暖炉のそばで過ごすクリスマスは、今年で最後にしようと思います。こんな風にしていずれ「暖炉脇のナナ」はいなくなってしまうのでしょうか。ひとつの時代が終わりを告げようとしているのでしょうか。私は、昔から延々と続いてきたナナの長い列の、最後のひとりになるのでしょうか。そう考えると、厳粛な思いにとらわれます。

年が明けたら、暖炉との心温まる思い出をたどりつつ、名残り惜しくはありますが、暖炉に別れを告げようと思います。この数十年間、暖炉脇に腰かけて、炎を見つめ体に熱を受けていると、いつのまにか死別の悲しみが癒され、家族のもめごとにうまく対処することができるようになっていました。暖かい炎は、心を癒してくれます。炎の熱が気持ちをなだめ、疲れを取り除いてくれるのです。けれども今、暖炉脇に坐っている私の脳裏でずっと流れ続けている曲があります。それはジム・リーブス[*1]の古い曲で「ヒール・ハフ・トゥ・ゴー（彼は去らなくてはならない）」です。五十年ほど前、ショーバンドが大流行していた頃、この曲の流れるようなメロディーに合わせて、みんなで踊ったものでした。あの頃のジム・リーブスは、現代のガース・ブルックス[*2]のような存在で、聞く者をうっとりとさせる蜂蜜のような甘い歌声は、多くのロマンスが芽生えるきっかけとなったものでした。彼の歌声のおかげで、何の変哲もないダンスホールが、天国のような素敵な場所に早変わりしたのです。ジム・リーブスの歌声は心地よく、気持ちが安らぎます。私の暖炉もまったく同じで、そばにいると、心地よく、気持ちが安らぐのです。けれども、もはやダンスホールはなくなり、ジム・リーブスもいなくなりました。大好きな私の暖炉も引退すべきなのです。別れを告げるときが来たのです。今や世界中が、環境破壊に対して警鐘を鳴らしています。私たちはみな、二酸化炭素排出量を減らす努力をしなくてはなりません。私も、自分にできることをするつもりです。

＊1　一九二三〜六四。アメリカのカントリー音楽とポピュラー音楽のシンガーソングライター。本国アメリカだけでなく、イギリスやアイルランド、ドイツ、インドなど、世界の国々で人気を博した。著者には「ヒール・ハフ・トゥ・ゴー（彼は去らなくてはならない）」の「彼」が「暖炉」とも聞こえている。ちなみにこの曲の邦題は「浮気はやめなよ」

＊2　一九六二年生まれの、アメリカのカントリーシンガー。一九九〇年にリリースした『ノー・フェンセス』は、史上最も売れたカントリー・アルバムである。

私の世代やそれより前の世代、そしてもちろん私の次の世代も、アイルランドの人々は台所の暖炉を囲むようにして育ちました。昔、ラジオの国営放送で、ジョー・リニンが司会を務める『暖炉の周り』という名の番組さえあったのです。番組から数々の曲がアイルランド中の台所に流れてきて、暖炉の周りにいる人々が楽しんで聞いていたのでした。あの頃の曲で、私がよく思い出すのは、ショーン・オー・シーホーンが素晴らしい歌声で歌う「バー・ナ・スロイデの少年たち」[*]です。

＊　アイルランドの詩人シガーソン・クリフォード（一九一三〜八五）の詩に曲をつけたもの。作者が、自らの子ども時代からアイルランドの内戦の時期にいたるまでの人生を回想する内容で、アイルランドではよく知られている曲である。

あの頃、私たちを暖めようと暖炉が奮闘していたにもかかわらず、実のところ私たち家族も家の中も、あまり暖かくなってはいませんでした。実家では、暖炉の開いた口の下から巨大な煙突の中を見上げると、空が見えました。だから、どうがんばっても、家の中が暖まるはずがないのでした。夜になると、頭上にきらめく、あまたの星を暖めようとしていたようなものです。でも暖炉の煙突とは、クリスマスに本領を発揮するものなのだ、私はそう思っていました。というのも、子どもは想像力など駆使しなくても、クリスマスの夜に煙突の中を下りてくるサンタクロースを思い描くことができたからです。サンタが楽に下りてくることができるよう、煙突の内側にはわざわざ鉄の棒が何本も突き出ていたことですし。ええ、その用途で煙突内に鉄の棒がつけられていたのではないと今はわかります。それでも、クリスマスに子どもが思いつくことといえば、まさにそのための棒なのだ、ということでした。

暖炉の名誉のために言っておきますが、私たち家族を暖かく包み込み、家の中を隅々まで暖かくするなど、実際にはとうてい無理な話だったのです。夜ごとに戸口の下の隙間から冷たい風が吹き込んできましたし、嵐の夜には、家じゅうの窓がガタガタと抗議の音を立てるほど、風が猛攻撃をしかけてきたからです。そのときどきの天候状態が暖炉の暖かさを打ち負かそうとしましたが、戸口の隙間に詰め込まれた麻袋が、室内に吹き込もうとする風を多少なりとも防いでくれたので、暖炉は、毎晩周りに集まってくる私たちを暖めることに少しは成功していました。それに加えて、暖炉は他の用途でも使われていました。調理場として機能していたのです。アイルランドの田舎では、台所の暖炉の前に鉄の自在かぎがあり、大小様々なやかんや鍋がぶら下がっていました。家族全員が飲んだり食べたりするものは、すべてそこから生まれていたのです。あらゆる作業を行うために、大きく開けた暖炉が必要でした。能率が良いかどうかはともかく、暖炉は間違いなく家の中心でした。人々は毎晩暖炉の周りに集まっておしゃべりをし、物語を語って聞かせ、その日のできごとを報告し合ったものでした。母親はたまった繕い物を炉辺でせっせとこなし、子どもたちは宿題をしました。また、暖炉にはもうひとつの側面がありました。年老いたナナが、心地よく過ごす場所となっていたのです。一日の終わりに、ナナはその場所で家族みんなに囲まれていました。そしてそこで、幼い子どもの子守をしていたのでした。

私のナナは、人生最後の二十年間、暖炉脇の椅子にどっしりと腰かけたまま、台所と農場を回し、そして、この国をも切り盛りしているつもりでした。農場で精力的に働いていたナナは、七十歳になると、そろそろ人生の後片付けをして旅立つときだと判断したようでした。けれども、天国行きのバスに空きがなかったのか、はたまた、ナナが神に対していつも挑戦的な態度を示すため、ナナ以外の人間の世話で手一杯だと神に断られたのかわかりませんが、ナナはそれから二十年の間、待たされたのでした。それでも、心地良い炉辺にどっしりと落ち着いて、その場所から家族に指令を出したり、家族や隣人とおしゃべりし続けたのです。

わが家の「静寂の間」の暖炉は、昔ながらの農家の台所にあった暖炉とは、まったく異なります。だからうちでは、昔の暖炉が抱えていた問題は起こっていません。また、うちの暖炉の火格子の下には、バクシー・ボックスという小さなブリキの箱が取り付けてあり、灰がその中に落ちるようになっています。つまり、暖炉から灰を頻繁にかき出す必要はないのです。このボックスはモダンで革新的な装置だと思っていましたが、あるときミセスCが、すでに何十年も前、戦時中のロンドンで使っていたと教えてくれました。うちの火格子は、ペグおばさんの古家で使われていた頑丈な錬鉄製の囲いにはめ込まれていて、暖炉の周りには、ある修理人から譲ってもらったオーク材のマントルピースを作り付けてあります。その人は、コークにあるサウス・モール通りの一方の端にある家からマントルピースを外し、同じ通りの反対側の端の家に運んで取り付けたこともあるよ、そう言って笑いました。時代が変わると、人々の習慣や好みも変わるものです。かつて新品のマントルピースは裕福であることの象徴でしたが、今は古いものを修復して使うことが好まれているのです。

わが家の「静寂の間」は、騒々しさから逃れられる静かな場所として整えられました。テレビも電話もあえて置いていないので、家族の中には、そんな部屋には誰も行かないよ、と言う者もいました。けれども、そうした懐疑的な見方は、完全に見当違いであることが証明されたのです。その部屋の静かで落ち着いた雰囲気と暖炉の暖かさが、まるで磁石のようにみんなを惹きつけたからです。暖炉の上の壁には、古い八日巻時計が掛けられていました。暖炉脇に腰掛け、時計が時を刻む音に耳を傾けていると、どんなに心が乱れていても、気持ちが落ち着いてきたものでした。

長年の間、嵐で庭木が倒れたり折れたりすると、薪にして暖炉にくべていました。薪は、めらめら燃える泥炭に飲み込まれていきました。この泥炭は、ケリーの湿地から授かった恵みです。私にとって、クリスマスにもらうプレゼントでいちばん嬉しいのは、袋いっぱいの泥炭か、思いがけずトレーラーでわが家に運ばれてくる薪でした。裏庭に積み上げられた薪の山を眺め、思いを馳せたものでした。「この木材は、いったいどこから来たのだろう。のちに灰になってわが家のコンポストに運ばれ、それから再び大地に還り、次の世代を作る新たな過程の一部となるのだわ」。薪は炎の中から私に語りかけ、日々の暮らしに疲れていたり、悲しみにくれていたりする私のすべてを、優しく包み込んでくれました。それに、暖炉の煙突の手入れをしてくれる頼もしい存在もいました。毎年うちに来て、煙突掃除をしてくれるティムという男性でした。

ここ数年は、環境を汚染しているといううしろめたさをなんとか和らげようと、また、昔なじみの友人である暖炉を手放さなくて済むように、無煙炭と人工乾燥材を使っていました。でも今となっては、環境のためには、それでは不十分だということがわかります。やはり、暖炉の使用をやめなくてはなりません。「もの思う心がわれわれを臆病にする」*、そう言ったのはシェイクスピアでした。けれども私の場合、もの思う心のおかげで環境に対する意識が高まり、人類の福祉のために責任ある行動をとることができるようになりました。

* ウィリアム・シェイクスピア著『ハムレット』（小田島雄志訳、白水社）で、ハムレ

ットのセリフにある言葉。「良心にしたがって物事を案じすぎると、すべきこともできなくなる」という意味だが、ここで著者は、良心が自分を正しい方向に向かわせてくれたと述べている。

それで、暖炉という古い友人と過ごす最後の数日間、私は友人の前にどっしりと腰を落ち着けて時計の音に耳を傾けつつ、これまでを振り返ることになるでしょう。長年に渡り、私に安らぎを与えてくれ、私を癒してくれた暖炉に、心からの感謝を捧げるのです。でも実は、もうすでに心の片隅には、暖かく過ごすために、この友人に代わる別の方法が浮かんでいます。年が明けたら、コーク北部の丘の上にある、昔ながらの衣料品店を訪ねるつもりです。そこで、体を暖かく包んでくれる「ナナの毛糸のパンツ」を何枚も買うのです。「何が起こっても、賢く優雅に対処する手法」は、私たちのナナがずっと受け継いできて、お手本を示し続けてきた技ですから。だから……さあ、毛糸のパンツを履こうではありませんか！

この老人は、もとはカレンダーの一部でした。のちに額に入れられ、長いあいだ何台ものマントルピースの上に飾られてきました。古くからの友人のものでしたが、いいわねと言うと、私に譲ってくれました。

どの家庭の台所にも、座面が縄編みになった木製の椅子がありました。ほとんどが地元で作られていて、一家の主人《あるじ》が作ることもありました。

ちょっとした調理に使っていた鍋。
今では庭の小鳥たちが楽しんで使
っています。

これはタバコの広告が描かれた
鏡の一部です。改修前のうちの
店に飾られていました。

ニワトリは放し飼いにされていました。卵を売ったお金は、農家の女性の収入になっていました。

ほうろうのバケツは、牛乳を入れておいたり、井戸から水を汲んだりするのに使いました。パンを作るときには、ほうろうかブリキのベーキング皿が使われました。

長年にわたり、私の心とわが家を
暖めてくれた、大好きな暖炉。

赤ん坊を抱く私。いちばん下の孫です。

テーブルクロスのパンくずを
かき集めるためのブラシとち
りとり。

病人は自宅で治療を受けました。コークのナナたちによれば、それができないときの次善の策は、ボン・スクワ病院へ行くことでした。

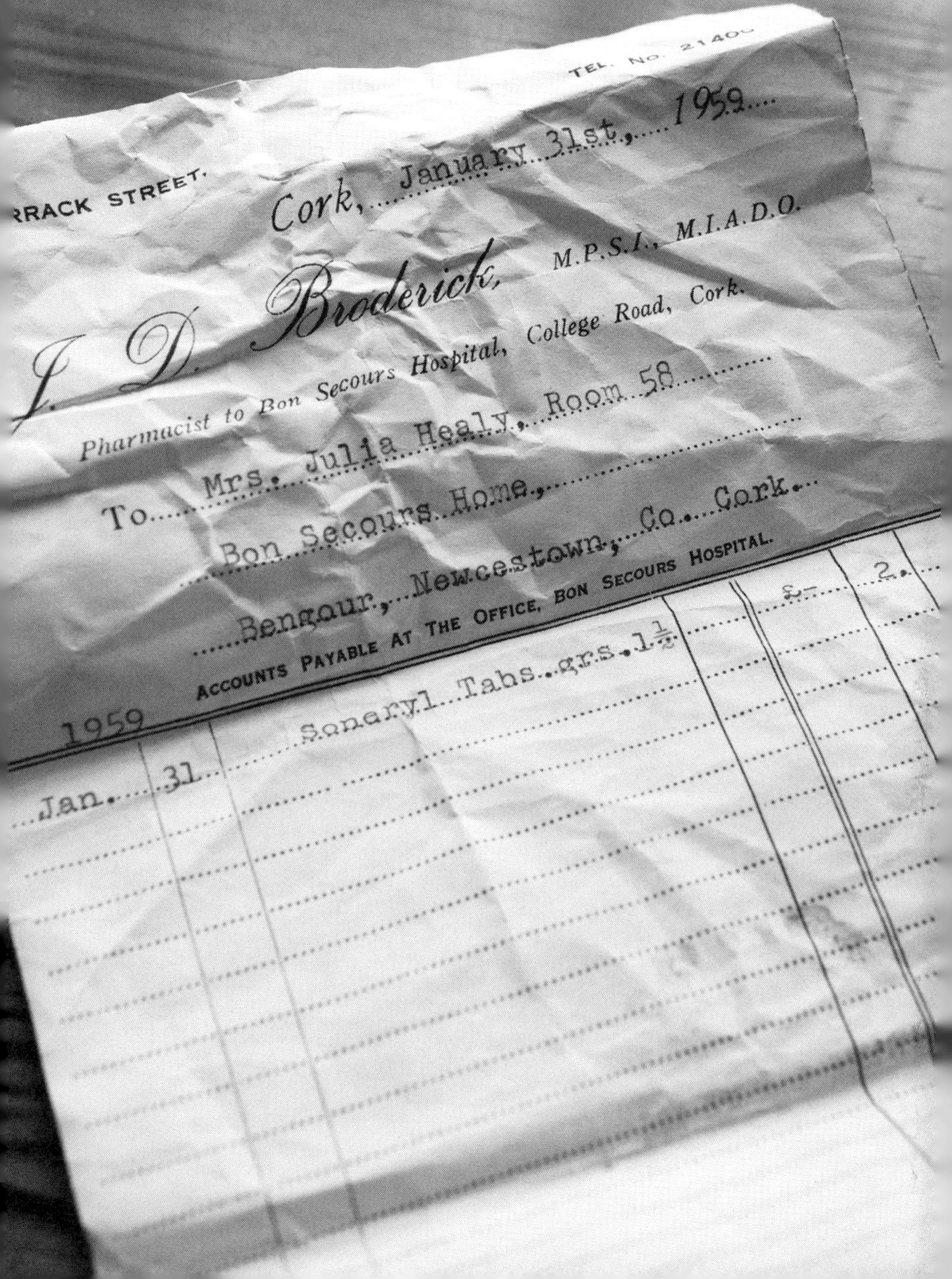

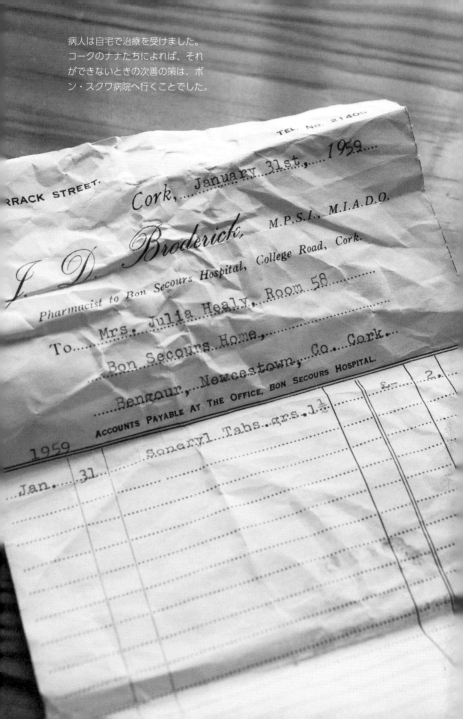

水道が引かれたことで、井戸から
バケツで水を汲んでくるという重
労働から解放されました。

香水は贅沢品で、とても小さな瓶に入っていました。ハンドバッグに入れて持ち歩く人もいました。

ランプの燃料は灯油でした。油つぼから上に出ている芯は、
脇にある小さなつまみを回して上げ下げすることができました。

編み物はたいていの家庭で行われていたので、衣料品店には
いろいろな毛糸が並んでいました。毛糸は、ほどいて玉に巻
きなおしてから使いました。

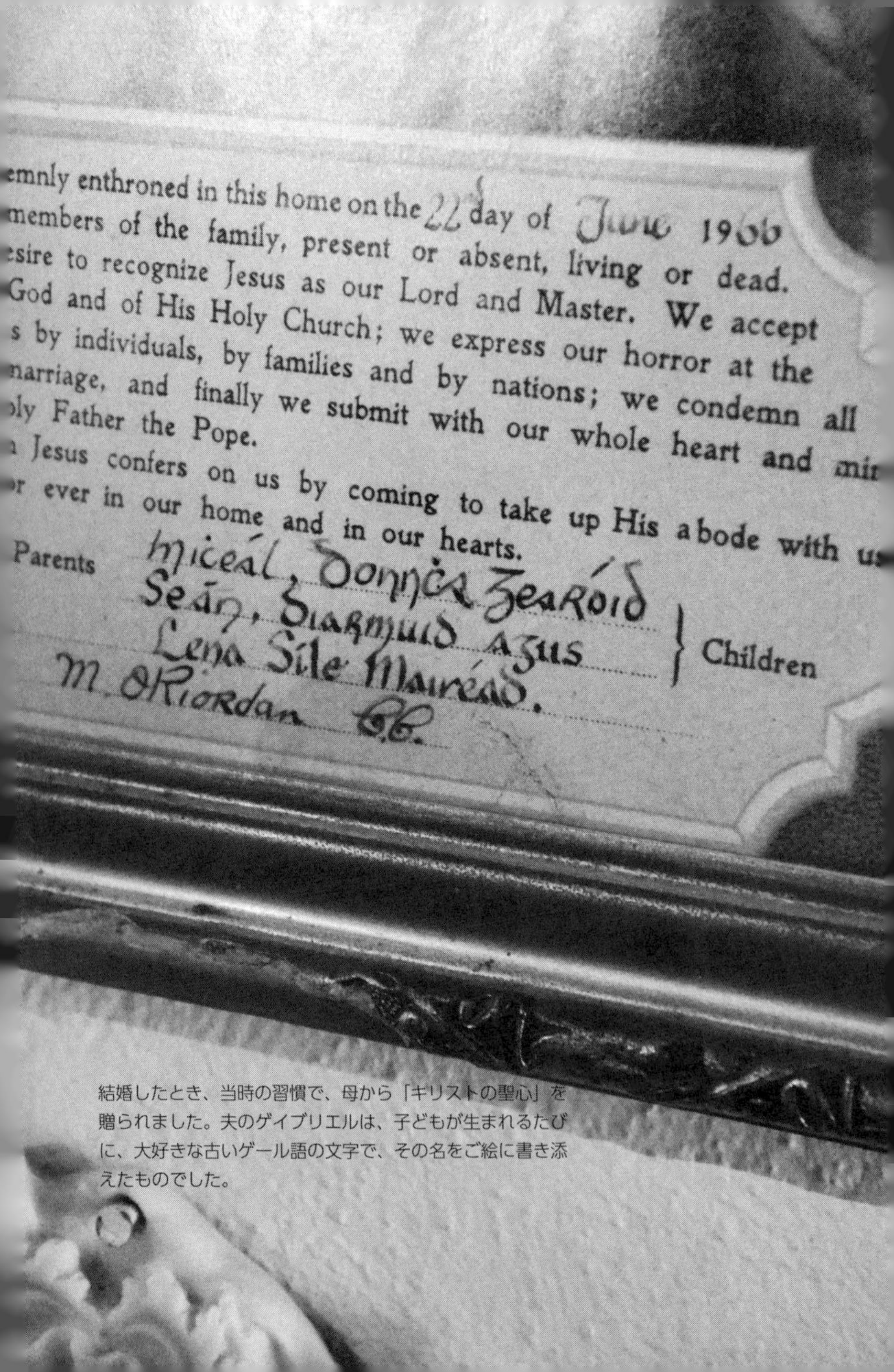
emnly enthroned in this home on the 22nd day of June 1966
members of the family, present or absent, living or dead.
esire to recognize Jesus as our Lord and Master. We accept
God and of His Holy Church; we express our horror at the
s by individuals, by families and by nations; we condemn all
narriage, and finally we submit with our whole heart and mir
oly Father the Pope.
n Jesus confers on us by coming to take up His abode with us
or ever in our home and in our hearts.
Parents
Children
M. O'Riordan C.C.

結婚したとき、当時の習慣で、母から「キリストの聖心」を贈られました。夫のゲイブリエルは、子どもが生まれるたびに、大好きな古いゲール語の文字で、その名をご絵に書き添えたものでした。

革細工は、夜間の講座で教えられていました。
ケルト模様のデザインに人気がありました。

この聖マリア・ゴレッティのご像は、姉エレンのものでした。
穏やかな優しさがにじみ出ています。

なんだか楽しそうな男性の絵。
ハーディガーディショップで手に入れました。

訳者あとがき

「お孫さんになんと呼ばれていますか?」。ある調査で孫のいる女性に尋ねたところ、最も多かった回答は「ばぁば」だったそうです。おばあちゃん、おばあちゃま、ばあちゃん、ばあなど、祖母の呼び名はいろいろあります。本書にもあるように、英語でも、グランママ、グランマ、グラニー、グランなど様々ありますが、アイルランドで多いのは「ナナ」。本書の著者アリス・テイラーによれば、「ナナという呼び名はね、アイルランド的なのよ」。本書では、「ナナ」という言葉の持つ響きやニュアンスを読者のみなさんに味わっていただきたく、あえて日本語に置き換えることをしませんでした。呼び名はすべてその発音に近いカタカナで表記しましたので、読み進めながら、各々の呼び名の微妙な意味合いの違いを感じ取っていただけたら幸いです。

本書でアリスは、自分の祖母の世代、母親の世代、自分の世代と時を下りつつ、様々なナナについて綴っています。私たち読者は、アリスの言葉をたどりながら、アイルランドのナナとはどのような存在なのか、イメージをつかんでいくことになります。いろいろなタイプのナナが登場しますが、その多くに共通していることは、神の存在を信じ、自然を重んじ、一族のルーツやつながりを大切にしてきたという点でしょう。そしてまた、これがアイルランド的なのですが、ナナたちは物語を語り、音楽を奏で、編み物や裁縫などの手わざを伝えてきたのです。そのような営みが、台所にある暖炉の周りで行われてきたといいます。台所とは、調理場であり食堂であると同時に、家族や友人知人が集まって過ごす居間でもあったことがわかります。アイルランドのナナたちは、懸命に働き、家族や親戚を大切にしてきました。でもそれはきっと、日本の多くのおばあちゃんにも言えることなのだと思います。

二〇二三年八月のある日、私はアリス・テイラーの自宅を訪れていました。三度目の訪問で五年ぶりの再会でした。相変わらずすっと伸びた背筋や、軽やかな身のこなしを見ていると、五年前からまったく歳を取っていないように思えます。教会までの坂道を軽々と登っていく姿を見ていると、この人は若返っているのではないかと思ったほどです。

アリスの家の「静寂の間」に腰を下ろし、お手製のタルトとお茶をいただきながらおしゃべりしていると、『キャンドルライト』の話になりました。本書の第十四章に出てくるこの雑誌は、イニシャノンの郷土誌です。コーク県立図書館にバックナンバーが所蔵されています。アリスは創刊者であり、編集者のひとりです。

「今年は創刊から四〇周年でね、記念の号なのよ。私はこれを最後に編集の仕事を辞めて、あとは他の人に任せるつもり。それでね、この記念の号に記事を書いてくれないかしら?」

「えっ? でも、何を書いたらいいのですか?」

「私の本が日本語に翻訳されているなんて、村の人は誰も知らないわ。だから、どうしてあなたが私の本を翻訳するようになったのか、書いてくれると嬉しいのだけれど」

日本に帰国してから、私は急いで記事を書いて寄稿しました。そして十一月の終わりに、アリスから『キャンドルライト』第四〇号が送られてきました。「日本からイニシャノンへ」と題された私の記事と、アリスとふたりで写った写真が掲載されていました。

アリスが村を思う気持ちには、本当に心を打たれます。会うたびに必ず話題に上るのが、村の整備計画なのです。村の人々のため、そして後の世代のため、村を少しでも良くしようと思いを巡らせ、常に村人たちと話し合っているのです。『キャンドルライト』の売り上げも、村を美しく住みやすくするための資金として使われています。

アリスはまた、環境を汚染しないようにと配慮しています。二酸化炭素の排出量を減らすため、長年親しんできた暖炉に火を入れるのは終わりにしようというのです。魂をなぐさめ、疲れや悲しみ、心の傷を癒してくれた暖炉との別れは、大きな決断だったことでしょう。昔からアイルランドの家庭で、炉辺の象徴的な存在だったナナ。暖炉のある家庭の数は減少していくでしょうし、アリスと同様に暖炉に火を入れることをやめる人も増えていくことでしょう。自分の世代が「暖炉脇の最後のナナ」になるのではないか、アリスはそう懸念しています。

少々寂しくはありますが、アリスはもう、暖炉を使わなくても暖かく過ごす工夫を見出しています。環境に優しい、エコな方法です。アイルランドのナナに代々伝えられてきた「賢く優雅に対処する」術《すべ》は、まぎれもなく、アリスにも受け継がれているのです。

読者のみなさんが、本書のページをめくりながら、ご自身のおばあちゃんをなつかしく想う気持ちを深めていただければ、翻訳者として大変嬉しく思います。

二〇二五年二月

高橋　歩

Alice Taylor

1938年アイルランド南西部のコーク近郊の生まれ。結婚後、イニシャノンで夫と共にゲストハウスを経営。その後、郵便局兼雑貨店を経営する。1988年、子ども時代の思い出を書き留めたエッセイを出版し、アイルランド国内で大ベストセラーとなる。その後も、エッセイや小説、詩を次々に発表し、いずれも好評を博した。現在も意欲的に作品を発表し続けている。

たかはし あゆみ

新潟薬科大学教授。英国バーミンガム大学大学院博士課程修了。専門は英語教育。留学中に旅行したアイルランドに魅了され、毎年現地を訪れるようになる。
訳書に『スーパー母さんダブリンを駆ける』(リオ・ホガーティ、未知谷)、『とどまるとき＊丘の上のアイルランド』『こころに残ること＊思い出のアイルランド』『窓辺のキャンドル＊アイルランドのクリスマス節』『母なる人々＊ありのままのアイルランド』『心おどる昂揚＊輝くアイルランド』『お茶のお供にお話を＊アイルランドの村イニシャノン』(アリス・テイラー、未知谷)、『パトリック・ピアース短篇集』『キャサリン・タイナン短篇集』(未知谷)がある。

©2025, Takahashi Ayumi

素敵な祖母たち
アイルランドのナナ

2025年 2 月20日初版印刷
2025年 3 月 5 日初版発行

著者　アリス・テイラー
訳者　高橋歩
発行者　飯島徹
発行所　未知谷
東京都千代田区神田猿楽町 2-5-9　〒 101-0064
Tel. 03-5281-3751 / Fax. 03-5281-3752
［振替］ 00130-4-653627

組版　柏木薫
印刷所　モリモト印刷
製本所　牧製本

Publisher Michitani Co, Ltd., Tokyo
Printed in Japan
ISBN 978-4-89642-745-5　C0098

好評の既刊

アリス・テイラー 著／高橋歩 訳

き

978-4-89642-516-1

愛するものの死に直面するとき、心はもろくなり体は冷えきってしまう。深い悲しみに沈むとき、人はおのずと無言になる。必要な時間を過ごせたなら、悲しみは心の平穏に変わるだろう。追悼と悲しみを越えた体験談。写真43点。 224頁2400円

ろに残ること

りアイルランド

978-4-89642-547-5

著者の思い出話という形をとって1940年代から50年代、アイルランドの田舎に住んでいた素朴で善良な人々のつましい暮らし、濃密な人間関係、消えてしまった習慣。なくなりつつある風景を愛おしく描くエッセイ全24章、写真44点。 280頁2500円

窓辺のキャンドル

アイルランドのクリスマス節

978-4-89642-570-3

アイルランド・イニシャノンのクリスマス。子どもの頃から今に到る準備と祝い方は、70年も経っているのにあまり変わりがありません。アリスが守り続ける昔ながらのクリスマスを、読者のみなさんにも楽しんでいただけたら……。 256頁2500円

母なるひとびと

ありのままのアイルランド

978-4-89642-589-5

この本はすべての女性に敬意を表すものです。ひどい貧困と飢えの中でこれほどの品格と寛大さをなぜ保ち続け得たのか。著者の人生の身近にいた15人のアイルランド女性の生き様を、尊敬と愛を込めて語るエッセイ。 240頁2500円

心おどる昂揚

輝くアイルランド

978-4-89642-612-0

著者はアイルランドで最も愛される作家の一人。自然を慈しみ、何種類もの「お茶の時間」を隣人と楽しむような、昔ながらの生活の喜びを綴ったエッセイは、本作で５作目の紹介。キラキラ輝く天然石が詰まった小箱のような随筆集。 224頁2500円

お茶のお供にお話を

アイルランドの村イニシャノン

978-4-89642-639-7

アイルランドで庶民に最も愛される作家。村の忙しい暮らしを楽しむアリスの毎日。受け継いだリネン戸棚を整頓し、「きれいな町」チームの一員として花の苗を植え、一息ついて皆でお茶とお菓子、そして楽しいお喋りを……随筆全23篇。 256頁2500円

未知谷